講談社文庫

京都船岡山アストロロジー2

星と創作のアンサンブル

望月麻衣

講談社

CONTENTS

KYOTO Funaokayama Astrology

京都船岡山アストロロジー

登場人物

イラスト おかざきおか

三波《みなみ》 茜《あかね》

高屋の先輩。ファッション誌から異動してきた。新撰組が大好き。

真矢葉子《まやようこ》

『ルナノート』デスク。遠距離恋愛を実らせて結婚。大阪に転勤して10年になる。

高屋《たかや》 誠《まこと》

編集者。中高生向け占い雑誌『ルナノート』担当。

耕書出版

船岡山珈琲/書店

柊《しゅう》

書店の隣にある『船岡山珈琲店』で働いている。24歳の金髪イケメン。

神《じん》宮《ぐう》司《じ》桜《さくら》子《こ》

高校生。祖母が経営する『船岡山書店』を手伝っている。小説家志望。

雄《ゆう》三《ぞう》

桜子の祖父。英国紳士のような風貌。『船岡山珈琲店』マスター。

京都船岡山アストロロジー2

星と創作のアンサンブル

第一章　アセンダントとノスタルジックなパフェ

なんとなく思うのだ。

——釈然としない、と。

これは、高屋誠《たかやまこと》のぼやき……ではなく、神宮司《じんぐうじ》桜子《さくらこ》の胸の内だ。

学校から帰ってきた桜子は、いつものように『船岡山珈琲店《ふなおかやまコーヒーてん》』に顔を出し、店内を眺めながら、そんなことをぼんやり思う。

京都市北区には、『船岡山』という標高百十二メートルの丘程度の高さの山がある。背は低いが歴史は深く、京の町を一望できるなかなかの観光スポットだ。

そんな船岡山の近くに、銭湯をリノベーションした建物があった。

『船岡山』という看板が掲げられていて、向かって右が書店で、左が喫茶店。

名前はそのまま『船岡山書店』と『船岡山珈琲店』という。

初老の夫婦が経営していた。書店の方を妻が、喫茶店――ここからは珈琲店と呼ぼう――を夫が担当している。

妻の名は、神宮司京子《きょうこ》。元大型書店の店長を務め、今は実家だったこの店を継いでいる。還暦を迎えているが、老いを感じさせない機敏さがあり、聡明《そうめい》な女性だ。

夫の名は、神宮司雄三《ゆうぞう》。白髪に綺麗《きれい》に整えた白い口髭《くちひげ》。タータンチェックのベストに黒いスラックス、黒いエプロンをしてコーヒーを淹《い》れる姿は、ダンディだと評判だ。

神宮司桜子は、二人の孫だった。

店では長い髪を左右に二つに結っていて、ぱっちりとした目と小さな顔が自慢だ。

関東で育ったが両親が仕事で海外へ渡ることになり、当時、中学三年生だった桜子は日本に留《とど》まり、祖父母の家に身を寄せることを選んだ。

ちなみに住居は、書店・珈琲店の上にあるのだが――それはさておき。

最近の『船岡山珈琲店』はとても賑《にぎ》やかだった。

学校から帰ってきた桜子は、『船岡山珈琲店』に一歩足を踏み入れて、立ち止まる。

この店のスタッフであり桜子が『お兄』と呼び捨てている金髪の美青年・柊《しゅう》が店の

中心に座っていて、その周りを三人の女性が取り囲んでいる。

彼女たちは近所に住む馴染《なじ》みの親子三代だ。祖母、母、孫は揃《そろ》って嬉《うれ》しそうに頬を赤らめ、目尻を下げていた。ちなみに孫は大学生である。

「わあ、当たってる！」

「柊君、ほんまにすごい」

「天才占星術師やなぁ」

きゃあきゃあと持《も》て囃《はや》す彼女たちに、柊は照れたように頭を掻《か》く。

「そんなぁ、みんな大袈裟《おおげさ》だよぉ」

そんな柊を前に親子三代は、可愛《かわい》い、と声を上げた。

「…………」

桜子はぴくりとこめかみを引きつらせた。

彼女たちが言うように、柊には類稀《たぐいまれ》な才能がある。

一度目にしたものを忘れないという特異な記憶力だ。その能力を占星術に使っているため、『天才占星術師』などと持て囃されていた。だが、同じように星の勉強をしている桜子から見れば、星読みとしては『そこそこ』ではないかと思っている。

もっとすごい星読みは世の中に山ほどいるというのに、柊の特殊な記憶力、その甘ったるいマスクも手伝って少し評価が上がりすぎている気がしていた。

モヤモヤと面白くない気持ちが沸き上がる。

だが、過去にさまざまな出来事があって、一度は占星術を離れた柊が、再び星の世界に戻ってきた。

それは桜子にとって、喜ばしいことだった。

桜子が柊を『お兄』と呼んでいるのと、二人の顔の雰囲気が似ているということから、よく兄妹《きょうだい》に間違われるがそうではない。だが、遠縁ではあった。

桜子が柊を知ったのは、五年前。彼が船岡山珈琲店にやってきて、働き出すようになってからだ。

その頃、桜子は神奈川で両親と生活をしていた。

だが、長い休みになると必ず京都へ遊びに来ていたので珈琲店のスタッフになった柊とはすぐ仲良くなり、年の離れた彼のことをいつしか『お兄ちゃん』と呼ぶようになっていた。

桜子は物心ついた時から、祖父であるマスターが客に星読みをする姿を見ていた。

それはもちろん、それは見学が許された時だけだが――星を視《み》てもらった後に幸せそうな笑顔を浮かべる客の姿を見て、桜子も幼いながらに占星術に興味を抱いた。

マスターにせがんで、星の読み方を教えてもらい、神奈川の自宅に帰ってからも、自分で星についての勉強もした。

だが、柊がスタッフになってから、マスターは星読みをやめてしまった。

そのことを奇妙に思っていたが、桜子が京都にいる休みの間だけやっていないのかもしれない、等と考えていた。

桜子が真相を知ったのは、二年前のことだ。両親が仕事で海外へ行くことになり、桜子は一緒に行かずに、京都の祖父母の家に身を寄せることを選んだ。

京都に住むようになってマスターは今はもう、星読みをしていないこと、その理由も祖母から聞いた。

桜子にとって柊は、ともにマスターに師事した、いわば兄弟子《あにでし》だ。

ここは弟弟子《おとうとでし》である自分が何とかしなければならない。

柊が占星術師に戻らない限り、マスターが復帰することはないだろう。

桜子は、柊を占星術の世界に戻すべく、奮闘した。

この店で覆面占星術師となって星読みをし、その姿を柊に見せたのだ。

元々、柊は星が、占星術が大好きな人間。いつか堪《こら》えきれなくなって戻るだろうと踏んでいた。

結果、桜子の思惑通り……かどうかは定かではないが、こうして柊は占星術師として返り咲いている。

柊が再び星読みをすると知った時、桜子はここでの占星術師の座を彼に譲り、自分は第一線を退くと宣言した。

中高生向けの星占い雑誌『ルナノート』の特集だけは、編集者に頼まれているので続けるつもりだが、桜子にはやらなければならないことが、山ほどあるからだ。

自分がいなくなった後、星読みの客はぐんと減るだろう。

だけどそれでいい。

柊には細々とがんばってもらいたい。

誠実な占星術師となり、自らの行いにより世間に抱かせてしまった占いへの悪いイメージを払拭していく。それこそが、彼の贖罪《しょくざい》なのだから――。

そう思っていたのだが……。

「前の先生が引退しはって、柊君がこれからここの星読みをするって聞いた時、どないしようかと思たけど、柊君、本当にすごいわぁ」

「やっぱり、こうして顔を見ながら占いをしてくれるって安心するし」

「イケメンやし、なおさらやぁ」

柊は、瞬く間に人気占星術師となり、眩《まばゆ》いばかりに活躍している。

望んでいた姿であるはずなのに、素直に喜べないのは、なぜなのか。

今柊に鑑定を受けている親子三代は、元々桜子の常連だ。いつも『やっぱり、先生に訊《き》いて良かった！』と、カーテンの向こう側でいつも嬉しそうに言っていた三人だった。星読みが、桜子から柊に替わり、一瞬は戸惑ったようだが、今はなんの問題もない様子だ。

自ら引退しておきながら、もやもやが募る。

少しばかり思うのだ。『前の先生、どないしはったんやろう？』『あの人やないと、うちはあかん』といった言葉が出ても良いのではないかと……。

桜子は、こほんと咳払《せきばら》いをして、親子三代の顔を見る。

「あの、皆さま、他のお客様のご迷惑になりますので、もう少し声のトーンを落としていただけると」

桜子が笑顔で注意を促すと、親子三代は顔を見合わせたあと、店内を見回す。

「客って……」

「うちらだけやけど？」

「今、店はクローズで、占いの時間やし」

ねぇ、と親子三代は、中心に座る柊に同意を求める。

「うん、まぁ……、今は占いの時間だね」

と、柊がはにかむと、大学生の孫娘が「あっ」と手を叩《たた》いた。

「分かった、桜子ちゃん、ヤキモチ焼いてるんでしょう？」

はいっ？　と桜子は目を瞬《またた》かせる。

「そやそや、大好きなお兄ちゃんを取られたみたいでいやなんや」

祖父と母が、うんうん、と頷《うなず》く。

はあ？　と桜子が声を上ずらせると、柊はほんのり頬を赤らめた。

「えっ、サクちんがヤキモチ？　どうしよう、嬉しすぎるんだけど」

「そんなわけないでしょう！」

桜子は髪の毛を逆立てる勢いで、大きな声を張り上げた。

その時、ぽんっと桜子の肩に手が乗った。

振り返るとマスターが、口の前に人差し指を立てている。

「お祖父《じい》ちゃん……」

「桜子、そんなに大きな声を出してはいけませんよ」

言葉を詰まらせて俯《うつむ》いた桜子に、柊も客たちも笑いを堪えて口に手を当てる。

桜子が鬼の形相で一瞥《いちべつ》をくれると、柊はびくんと体を震わせた。

ふぅ、と桜子は息をつき、「失礼しました」と親子三代に向かって、お辞儀をする。

その時だ。

ちりん、とドアベルが鳴って、二十代の男女が店に入ってきた。

「こんにちはぁ、三波《みなみ》です」

そう言ったのは、三波茜《あかね》。

オフホワイトのブラウスにレモン色のカーディガンを羽織り、膝丈の水色のスカートといった初夏のファッションに身を包んでいる、可愛らしい女性だ。

その一歩後ろには、高屋誠。

紺色のスーツに眼鏡、姿勢がとても良く、普通にしていても苦虫を嚙《か》み潰したような顔をしている、いかにも真面目そうな青年だ。

彼はうちの下宿人でもある。

桜子にとって高屋は、最初はいけ好かない男だった。しかし、今は見直している。

どうやら、柊が占星術に戻ろうと思ったのは、桜子の努力だけではなく、高屋の後押しが大きかったようだ。

桜子は、これまで時間をかけて、柊を星の世界に戻そうと奮闘してきた。

それなのに後からやってきたこの男がちょいと背中を押しただけで、復帰するというのはどういうことだろう？

それには面白くなさを感じたが、柊にとって高屋は、過去の因果に関わる人物でもある。

だからこそ、柊の心の扉を開くことができたのだろう。

三波と高屋は、耕書《こうしょ》出版という出版社の人間で、十代向けの占い雑誌とＷＥＢサイト『ルナノート』を担当している。

「三波さん！」

桜子は、ぱっと顔を明るくさせて、三波の許《もと》に早足で向かう。

今日は三波から『相談がある』と事前に連絡を受けていた。

「桜子ちゃん、もう学校から帰ってたんだ。ちょっと早かったかなと思ってたから、良かった」

「はい、今日、三波さんが来てくれるというので、大急ぎで帰ってきました。三波さん、今日のネイルも可愛いです」

「ありがとう、初夏らしく爽やかにしてみたの」

「指先が綺麗だとテンション上がりますよね」

「そうそう、桜子ちゃん、よく分かってる」

三波はいつもファッションに気を配り、メイクも髪も爪もとても綺麗にしている。

その姿は、桜子がイメージする『都会の女性』そのものであり、そんな三波に対して、憧れに近い気持ちを抱いていた。

「それに三波さん、痩せました？」

「えっ、そうかな？　体重に変化はないんだけど」

「なんだか肌艶も良《い》いですし、体質改善みたいなことをされているのかなって」

しみじみと言う桜子を前に、三波は、やだ、とほんのり頬を赤らめた。

「実はここだけの話なんだけどね、最近、気になる人ができたの。そのせいかも」

声を潜めるように言いながらも、周囲にまる聞こえだった。

「えっ、本当ですか！　おめでとうございます」

「まだ、どうにもなっていないんだけどね」

「あ、そっか、でも、やっぱりおめでたいですよ。恋はステキですもん」

桜子はそうつぶやいた後、ちらりと高屋に一瞥をくれた。そして、気の毒そうな表情を見せる。

桜子は、高屋が三波に恋をしていると踏んでいた。

「……いいかげん、その勘違いをあらためてくれないか」

高屋は小声で囁《ささや》いて、やれやれ、と肩をすくめる。

桜子たちがそんなやりとりをしている傍ら、占いに来ていた親子三代は「そろそろ時間やね」と残ったコーヒーを一気に飲み干して立ち上がり、柊とマスターに礼を言って、店を後にした。

＊

そうして店内には、桜子、マスター、柊、三波、高屋の五人だけになった。

外の扉には『CLOSED』の札が掛けられているので、他に客が入ってくる心配はない。

「試作品ですが、もし良かったら」

マスターはコーヒーと共に、サービスです、と苺《いちご》をメインとしたパフェをテーブルの上に並べた。桜子と三波の口から、わぁ、と感激の声を上がった。サービスが嬉しかったのはもちろん、それ以上に、インパクトがあったためだ。

「金魚鉢のパフェ！」

と、桜子と三波が器に顔を近付ける。

二人が言うように、パフェの器は小ぶりの金魚鉢だった。

使われているフルーツは、苺やバナナと王道だ。

だが、断面が見えるように並んでいるため、新しさを感じた。

可愛い可愛い、と女子二人が感激する側《そば》で、高屋は真面目な顔で感心している。

「なるほど、苺を金魚に見立てているわけですね」

そうなんです、とマスターは頷く。

「苺の旬は過ぎましたが、夏に向けて、この『金魚鉢のパフェ』をメニューに加えようと思っているんですよ。楽しい気持ちになるかなと思いましてね」

「お祖父ちゃん、これ、いいよ」

「ええ、SNS映えもしますし、絶対いいと思います！」

目を輝かせる桜子と三波を前に、マスターは、ありがとうございます、と眉尻をさげる。

「ですが、それはどうぞ食べてから」

「あ、そうですね」

と、二人は小さく笑う。桜子、三波、高屋は、いただきます、と手を合わせ、柄《え》の長いスプーンを使って、パフェを一口食べた。

苺、生クリーム、バニラの味が口内に広がる。

んんっ、と桜子と三波がギュッと目を瞑《つぶ》ったその時、

「……美味《おい》しい、です」

最初に口にしたのは、桜子でも三波でもなく高屋だった。

桜子と三波は意外に思って、高屋に視線を送る。

高屋は気恥ずかしいのか、頬をほんのり赤らめながら、パフェに目を落としていた。

「すみません、パフェを食べること自体久しぶりでして……そのせいか美味しいだけじゃなくて、少し懐かしい味がする気もします」

「もしかしたら、練乳の味かもしれませんね。隠し味程度に入れてるので」

マスターの答えを聞くなり、桜子はパフェの中を探るようにしてからスプーンを口に運ぶ。

「ほんとだ、練乳の味もする」

ぱっ、と目を開いた桜子の隣で、三波が、うんうん、と首を縦に振る。

「そうね。生クリームとバニラの間に、ほんのり練乳の味がする。言われてみれば、練乳って懐かしさを感じるわよねぇ」

続いて高屋が、金魚鉢のパフェを見下ろして、しみじみとつぶやく。

「金魚鉢の器に、懐かしい味わい、これはノスタルジックなパフェですね。きっと、人気メニューになると思います」

「いやはや、高屋君がそこまで褒めてくれるなんて嬉しいですね。それでは、自信を持って、これからのメニューに加えようと思います」

マスターは愉《たの》しげに笑って、ではごゆっくり、と皆に背を向ける。

カウンターへ戻ったマスターは、中にいた柊とハイタッチをしていた。

どうやら、このパフェは、柊と二人で考案したもののようだ。

「――前回は、自分の出生図の中の火星と金星の位置で、好きな異性のタイプが分かるって特集をしたでしょう？　それがとっても好評だったの。寄せられたコメントもこんな感じで」

パフェを食べ終えた三波はそう言って、読者コメントをプリントした紙をテーブルの上に置いた。

桜子はそれを手に取り、目を通す。

『私の火星は、獅子座《しし ざ》でした。私はいつもアイドルグループのリーダーに惹《ひ》かれるのですが、理由が分かって笑ってしまいました』

『いつもふんわりしたアーティスト・タイプの男性に惹かれる私。火星を見ると魚座《うお ざ》にあって、なんだかすごく納得しました』

『理知的で冷静な男性が好きな私の火星は水瓶座《みずがめ ざ》でした。占星術って面白い！』

読者からの声は女性ばかりだ。

『ルナノート』のターゲットが若い女性だから、当然なのかもしれない。

桜子は読者からの声を一通り読み、へぇ、と洩《も》らした。

「自分自身を示す『第一ハウス』の惑星特集も評判だったけど、火星・金星の位置はさらに反響が大きくてね。それに比べたら、お仕事を示す『第六ハウス』の特集は反響が少なかったのよね」

そう三波が報告すると、隣にいた高屋がぽつりとつぶやいた。

「自分としては、『第六ハウス』の特集は興味深かったんですがね」

そうなのよね、と三波は強く首を縦に振る。

「私も『第六ハウス』のお仕事特集、良かったと思っているんだけど、『ルナノート』の購買層にピンと来なかったみたいなのよ」

「たしかに、『ルナノート』の主な読者は中高生ですから、仕事の特集が刺さらなかったというのは、仕方ないのかもしれませんね」

高屋が、うんうん、と頷いている。

桜子は話を聞きながら、ふむふむ、と相槌《あいづち》をうつ。

でね、と三波は前のめりになる。

「次は、『お金のハウス』って言ってたけど、それは後回しにした方がいいかなって。私的には、学生だってお金の話は興味あると思うんだけど、これから夏に向けて恋とかに効きそうな何かないかしら」

ふむ、と桜子は腕を組む。

「恋愛のハウスは『第五ハウス』なんですよ。まぁ、恋愛だけじゃなく、趣味や創作、娯楽なんかの自己表現の部屋なんですけど」

「第五ハウスは、『恋愛』『趣味』『創作』なのね……」

三波は目を輝かせて聞き入り、高屋は無言でメモを取る。

「なので、『第五ハウス』の特集もいいと思うし……」

桜子がそう言いかけると、コーヒーを持ってきた柊がひょいと口を出す。

「アセンダントの特集なんかも面白いかもですよ」

「わっ、柊くん。アセンダント……って、なんだっけ？」

ばつが悪そうに笑って小首を傾《かし》げる三波に、桜子が説明をした。

「アセンダントは、『第一ハウス』の始まりを指していて、持って生まれた性質なんかを意味するんです。なので、『前世から受け継いだ性質』、つまりは『前世力』なんかも暗示するみたいで……」

へぇ、と三波は興味深そうな目を見せた。

「『前世力』特集っていうのは、神秘的でいいわね。若い子も喜びそう……けど、恋っぽくはないかな」

三波は、うーん、と唸《うな》ってペンの端で額を掻く。

ですよね、と桜子も同意していると、いやいや、と柊が首を振った。

「アセンダントは性質だけじゃなく『持って生まれた外見や雰囲気』、つまりは『第一印象』をも指すんで、自分の『モテファッション』が分かったりするんですよ」

そう言った柊に、三波は顔を上げる。

「モテファッション⁉」

そう、と柊は人差し指を立てる。

「たとえば、アセンダントが牡羊座《おひつじざ》なら、行動力を活《い》かすスポーティなファッション。伝統や格式を暗示する山羊座《やぎざ》なら、スーツ、もしくは着物、とかね」

柊はそう言って、人差し指を立ててにっこり笑う。

三波は立ち上がって、そんな柊の手を両手でつかんだ。

「柊君、それ、最高、素敵！」

桜子はあんぐりと口を開き、高屋に視線を移した。

高屋はというと、

「たしかに、『ルナノート』としては、目を惹く特集になりそうだ……」

などと言って、頷いている。

「そうよね。ファッション誌とタイアップしても面白そう。私、これまでで一番良い特集を作れる気がする……」

熱っぽく言う三波に、柊が、そういえば、と顎に人差し指を当てる。

「三波さん、元々ファッション誌にいたんですもんね」

「専属モデルと喧嘩《けんか》して、追い出されましたがね」

と、付け足した高屋に、三波は横目で睨《にら》んだ。

「ちょっと、高屋君、それは言いっこなし」

わいわいと盛り上がるなか、桜子は俯いていた。

黙り込む桜子に、三波は我に返ったように視線を落とす。

「ああ、桜子ちゃん、アセンダントのページには、桜子ちゃんが教えてくれた、『前世力』の話も入れようと思ってて……」

三波は、慌てたように取り繕う。高屋も、うんうん、と頷いている。

桜子は奥歯を噛みしめていたが、ふっ、と体の力を抜き、顔を上げた。

「もう、いいです」

「もういいって？」

「高屋はもちろん、三波さんもご存じでしょう、私はここの占星術師を休むと宣言しました。なので、『ルナノート』の担当も外れます。これからは、お兄にお願いをしてください」

そう言った桜子に、三波と柊は、ええっ、と狼狽《うろた》える。

「そんな、桜子ちゃんの若い感性も必要なんです」

「そうだよ、サクちんは、現役女子高生占星術師なんだから」

いいのっ！　と桜子は声を張り上げ、高屋を見た。

「高屋、お兄を復帰させたのはあなたなんでしょう？」

そう問うと、高屋は怪訝《けげん》そうに眉根を寄せる。

「いや、どうだろう？」

「そうなのよ。あなたがお兄の心の扉を開いたの。それはいいのよ、ありがたいことだし、私の望みだった。けど、同時に私の席を奪ったことにもなる」

「望みだったなら良いのでは？」

高屋は解《げ》せなそうに首を捻《ひね》った。

「いいから、黙って聞いて！」

ぴしゃりと言った桜子に、高屋は素直に口を閉ざす。

「本当にもういいのよ。私は元々、お兄を復帰させるためにここで星読みをしてたんだから。これからお兄がここで星読みを始めるなら、私は占星術師を休んで、自分の夢を追おうと思っていたの」

もしかして、と高屋は桜子を見る。

「夢というのは、作家に？」

そう、と桜子は眼差《まなざ》しを強くする。

「私は『女子高生占星術師』じゃなくて、『女子高生作家』になりたい。来年は受験勉強で忙しくなる。本腰を入れるなら今しかないの。だから高屋、少しだけ協力してもらえないかな？」

「………」

高屋は何も言わずに、腕を組む。

頭の中で難しく考えていることが、桜子に伝わってきた。

「いや、その、ちょっとでいいのよ。前に高屋に言われて、原稿を修正してるから、それが終わったら、またＷＥＢに投稿するから意見を聞かせてもらえるだけでいいの」

そう付け加えると、高屋は少しホッとしたような表情になる。

「まぁ、そのくらいなら……」

ありがと、と桜子は嬉しそうに頷いて、三波と柊を見た。

「そういうわけなので、三波さん。占いに関することはお兄にバトンタッチします。私は夢を叶《かな》えるためにがんばりますので、応援してもらえますか？」

三波は、もちろん、と頷いた。

「私、小説のことはよく分からないけど、桜子ちゃんの夢を応援してるから」

「出版社の人間が、『小説のことはよく分からない』って……」

その横で高屋が呆《あき》れたように言って、息をつく。

三波は聞こえない振りで、コーヒーを口に運んでいた。

「サクちんっ、俺はいつだってサクちんを全力で応援してるよ」

前のめりで言う柊。三波と高屋も、大きく頷いた。

「みんな、ありがとう。神宮司桜子、夢に向かってがんばります！」

そう言って桜子は、天に向かって拳を振り上げる。

――それが、約一年前の出来事。

その後、桜子は短い期間に歓喜と興奮と落胆と絶望を味わうのだった。

アセンダントの星座で分かる!? あなたのモテファッション!

		Point!
牡羊座	スポーティー、カジュアル、デニム	アクティブな自分を表現
牡牛座	デコラティブ、ドレッシー、ヴィクトリアン	『高級』なものにチャレンジ
双子座	モッズ、トレンド、マニッシュ、モード	流行を上手く取り入れよう
蟹　座	アイビールック、カジュアル、フェミニン	カジュアルな装いで安心感を表現
獅子座	ボディコンシャス、一点豪華	自分の『好き』を大切に装いで自己表現して
乙女座	ナチュラル、アースカラー、環境配慮、ノスタルジック	ナチュラルな装いで清潔感を表現
天秤座	コクーンシルエット、フレンチカジュアル、コンサバ	品性を感じさせる装いで自分を引き立てて
蠍　座	ミステリアス、フォークロア、ゴシック	神秘的な雰囲気を身にまとう
射手座	ジプシー、エスニック、アウトドア、リラックス	着心地の良さでリラックス感を表現
山羊座	スーツ、オフィスカジュアル、着物、ヴィンテージ	カチッとした間違いのないもの
水瓶座	キッチュ、ミニマム、マニッシュ、モード	自分の感性を大事に機能性も考慮して
魚　座	シースルー、フェミニン、フレアスカート	優しさ、柔らかさを表現

第二章　トルコライスと月の場所

1

「――もう、私、おしまいだわ」

桜子は土気色の顔でそう言うと、ふらふらとバックヤードに入り、ばたん、とテーブルに突っ伏した。

エプロンを身に着けていた佐田智花《さだともか》は、ギョッと目を剝《む》いて、振り返る。

彼女は、船岡山書店のパートであり、これから業務に入るところだった。

「桜子ちゃん、どうしたの？」

「……………」

桜子はテーブルに額をつけたまま何も言わない。

「もしかして、具合悪いの？」

そう問うと桜子はトレードマークのツインテールが微《かす》かに揺れる程度に、首を横に振った。

「それじゃあ一体……」

智花がオロオロしていると、書店のオーナーであり、桜子の祖母・神宮司京子がバックヤードに顔だけ出して言う。

「智花さん、桜子のことは気にせんでもええさかい」

「えっ」

「うん、サクちんのことは、気にしなくていいよ」

続いてそう言ったのは、柊だ。大きく欠伸《あくび》をして、体を伸ばしている。

仕事前ということでTシャツ姿であり、そこには、『自分のペースがマイペースなんだな』と、深いようでいて、実に当たり前のことが書かれている。

智花はそうは言っても、と桜子を見下ろした。

いつも溌溂《はつらつ》としている桜子が、ゾンビのようになっているのだ。

智花は、桜子の背に手を当てて問いかける。

「桜子ちゃん、何かあったんですか？」

「私は、打ちひしがれていた……」

桜子は顔を伏せたまま、ぽつりとつぶやく。

「さすが、女子高生作家さん。文豪小説の冒頭文みたいな台詞《せりふ》……」

智花の言葉に、桜子は身を縮める。

すると柊が、ぷぷっと笑った。

「サクちん、塩を振られたナメクジみたいだね」

桜子は勢いよく顔を上げた。

「うるさい、お兄、あっちいけ！」

「え、ひどい」

「酷《ひど》いのは、お兄だよ。私がこんなにつらいのに……」

また突っ伏す桜子に、智花は何が起こったのか分からず、目を泳がせる。

「本当にどうしたんですか？　だって、桜子ちゃんは夢を叶えて、キラキラしていたのに……」

「それが、一気に天国から地獄みたいで」

「うるさい、お兄！」

と、わいわい話していると、再び京子がバックヤードに顔を出して、やれやれ、と腰に手を当てた。

「桜子、そないゾンビ状態やったら、今日は休んでよろしい。せっかくの春休みや。天気もええし、気分転換に出かけたらどうえ」

「……」

桜子はこくりと頷いて、エプロンを外し、ふらふらと店の外へ出ていく。

智花は心配そうにその背中を見送ったあと、京子と柊を振り返った。

「あの、一体、何があったんですか？」

それがなぁ、と京子は肩をすくめた。

2

常に数ヵ月先の予定に向かって動いている出版社に勤めているからか、それとも社会人は皆、そう感じるものなのか分からないが、時間はアッという間に流れる。

咲いていた桜が瞬く間に散ってしまったと思えば、また桜が咲く季節が巡ってきた。

残念ながら、このオフィスの窓から桜が見えるわけではないのだが……。

パソコンに向き合っていた高屋誠は、作業の手を止めて、窓の外に目を向ける。

眼下には、大阪梅田の街が広がっていた。

「もう三月も下旬……高屋君もここに来て、もうすぐ一年ね」

デスク・真矢葉子《まやようこ》の声に、ぼんやりしていた高屋は我に返った。

「あ、そうですね」

高屋は、入社して一年間は、東京にある本社の文芸雑誌編集部にいた。

憧れの雑誌『匠《たくみ》のストーリー』を作っている情報雑誌編集部に配属されるその日を夢見てがんばろう、と前途洋々、意気揚々《ようよう》していたのも束《つか》の間《ま》。

たった一年で、大阪支社に配属されたのだ。

耕書出版は大阪、福岡、札幌《さっぽろ》に支社がある。

そこはその地区をまわる営業のためにあるようなもので、編集部はというと、地域に根付いたローカルな雑誌などを作っている、おまけのようなものだと当時の高屋は思っていた。

大阪支社に配属が決まった時の高屋の気持ちは、まるで菅原道真《すがわらのみちざね》だ。

何も悪いことをした覚えがないのに、島流しにあってしまった……、と少しの間、嘆き悲しんだ。

だが、住めば都とはよく言ったもので、今となっては居心地の良さを感じている。おまけのようにしか思っていなかった編集部も、今となっては本社に負けない良い仕事をしてるのではないか、といった誇りも芽生えていた。

「高屋君も、なんだかんだ言って慣れたよねぇ」

向かい側に座る三波茜が、にやにや笑いながらこちらを見ている。

自分でもそう思っているが、あらためてそれを指摘されると、素直に認めたくない気持ちになる。

どうでしょう？　と肩をすくめると、話を聞いていたらしい編集長の丸川哲也《まるかわてつや》が、口に手を当てて、ぷぷっと笑った。

「前の高屋君やったら、『慣れてまへんっ！』て口をへの字にして言うてたのに、今やすました顔で『どうやろ？』やて」

丸川編集長——通称・マル長は、肩をすくめた高屋の身振りを大袈裟に真似《まね》をして、また笑う。

真矢と三波も笑っていたが、高屋はにこりともせずに冷ややかに一瞥をくれた。

「編集長、僕は一度たりとも、そんな関西弁を使った覚えはないのですが」

「あー、かんにんやで。変換されるんや」

と、マル長は手をかざす。

「変換とは？」

と、高屋は眼鏡の奥の目を細める。

「言葉が脳内で関西弁に変換されてしまうんや。今のんも『編集長、僕は一度かて、そない関西弁使《つこ》たこと、あらしまへんで』て聞こえてるんやで」

などとめちゃくちゃなことを言ってマル長は、得意満面だ。

「それは、病院に行った方が良いのでは？」

高屋がさらりと言うと、マル長は噴き出した。

「『病院行った方がええのんとちゃう？』って！　言うやん、高屋君、すっかり関西人の突っ込みやん」

「…………」

マル長は、相変わらずだ。一年も経《た》つと彼のウザ……もとい、愉快な人間性にも慣れるものだ。

高屋は気に留めずにパソコン画面に視線を移す。

向かい側では、三波が楽しそうに笑っていた。

「さすが、マル長、地元愛が強いんですね」

「せや、俺は生まれも育ちも浪花《なにわ》の男や。せやけど、三波ちゃん、『マル長』言うたらあかん。ホルモンみたいや」

この部署に来てから、もう何百回も聞いたであろう、同じやりとりをしている。

真矢はそんな二人に構うことなく、高屋に問いかけた。

「高屋君、公式作家さんたちからの原稿届いている？」

「あ、はい。四人とも締め切りギリギリでしたが」

『ルナノート』の公式サイトには、小説投稿コーナーもあり、なかなかの人気を誇っている。

一年前、公式作家は『美弥《みや》』という筆名のクリエイターが一人いただけだった。

その美弥だが、彗星《すいせい》のごとく現れて、引退してしまった。

美弥が書く作品は文章は拙かったが、怒濤《どとう》の勢いがあり、読むと引き込まれる独特の魅力がある。

作品は話題を呼び、完結後はコミカライズもされた。

二作目も期待していたのだが、美弥はそれを断った。

『すみません、もう、満足してしまいまして』

なんと美弥は、一作で燃え尽きてしまっていた。

普通なら食い下がるところだ。

だが、美弥の正体が、船岡山珈琲店のマスターだと知ってしまった編集部の面々は、『まぁ、色々とお忙しいでしょうしね』『ご年配だし』『飽きっぽいとおっしゃってましたし』と、諸々を察して、素直に引き下がった。

それでは、新たな公式作家を選出しようということになり、四人が抜擢《ばってき》された。

その四人は、恋愛、ファンタジー、ミステリー、ホラー、と各々得意分野が違っている。

それもそのはず、サイト内でカテゴリー分けされた創作ジャンルのランキング一位のクリエイターが公式作家に抜擢されたからだ。

誰が呼び始めたのか、今や『四天王』などと呼ばれていた。

せっかくだから公式（編集部）としても盛り上げたいという話になり、企画会議をした結果、四天王の短編アンソロジー集を刊行することが決まった。

約半年前の話だ。

『ルナノート』が関わっている短編集ということで、星や月、そして、四季をテーマに執筆してもらっていて、もうすぐ締め切りを迎える。

四季は、四人にはそれぞれ別の季節を担当してもらっていた。ジャンルで言うと、恋愛作家が春、ホラー作家が夏、ミステリー作家が秋、ファンタジー作家が冬だ。

この企画は、高屋が担当を務めている。

「四天王さんたち、張り切ってるでしょう」

急に三波が前のめりになって訊《たず》ねてきた。

高屋は、ええ、と頷く。

「四人とも初めての出版ですしね」

「そっか、初書籍になるんだ。それは嬉しいわよね。みんな、浮かれている感じ？」

「そういうわけでもなく……どちらかというと、このチャンスをものにしようと必死な感じですね」

高屋の言葉に、三波は、なるほど、と腕を組む。

「みんな、桜子ちゃんを強烈に意識してるのかもねぇ」

三波の独り言のようなつぶやきを聞き、真矢は、そうね、と相槌をうつ。

「なんて言っても桜子ちゃんは、ルナノート初の書籍作家だものね」

高屋は一拍置いて、そうですね、と答える。

「意識はしているようですね。そもそも四天王としては、納得がいかないようで」

どうして？　と三波と真矢が目を瞬かせた。

「四天王はランキングで不動の一位を誇っていますから、それを差し置いて何故《なぜ》あの作品が？　という気持ちがあるようです」

高屋がそう答えると、あらあら、と真矢は苦笑し、三波が肩をすくめた。

「そうは言ってても声をかけたのは、うちの会社じゃないですもんねぇ」

「そうなのよねぇ」

真矢と三波は顔を見合わせて、頷き合っている。

「…………」

高屋は何も言わずに、デスクの上にある文庫本を手に取った。

黒地の表紙に、白い文字で『柵』というタイトルが書かれている。掲載時につけていたローマ字の『―SHIGARAMI―』表記はない。

著者名は、桜宮司《さくらのみやつかさ》――。本名の神宮司桜子をもじったものだ。

約一年前、桜子は星読み業から離れ、自分の夢――『作家』になるために邁進《まいしん》すると宣言した。

彼女はその言葉通り、努力をした。

自身の意欲作『柵』を改稿に改稿を重ね（それには多少、高屋も協力をし）、生まれ変わった『柵』を公開したところ、たまたま、他の出版社の文庫編集部の目に留まり、書籍デビューが決まったのだ。それが昨年の秋のこと。

その後は、刊行準備作業に入り、出版したのは三ヵ月ほど前だ。

「桜子ちゃん、やり遂げたわよねぇ」

三波は熱っぽく言ったかと思うと、少し身を乗り出して訊ねた。

「夢を叶えた今、キラキラしてるんじゃない？」

「キラキラ……？」

高屋は眉根を寄せて、桜子の姿を思い浮かべる。

「キラキラというより、ギラギラというか、情緒不安定というか……できることなら、関わりたくない状態だ。

「桜子ちゃんって今、高校二年生だった？」

真矢の問いに、高屋は首を横に振る。

「二年は修了していて、もうすぐ三年生です」

今は春休み期間中なのだ。

そつかぁ、と真矢は頬杖《ほおづえ》をついた。

「まだ高校生で夢を叶えちゃったわけだから、ちょっと不安定になっても、仕方ないかもしれないわねぇ」

「そんなものですか」

高屋は腑《ふ》に落ちないままに答える。

その時、デスクの上に置いてあったスマホが、ブブブと振動した。

柊からのメッセージであり、なんだろう、と高屋はスマホをタップする。

『あのね、高屋君、サクちんが落ち込んでてね、ちょっと大変なことになってるから、時間がある時にでも、話聞いてやってほしいなぁ』

「……大変なこと？」

高屋は怪訝そうに首を傾げた。

3

書店を出た桜子は、ふらふらと歩き、辿《たど》り着《つ》いた広場のベンチに腰を下ろした。

ここは、船岡山の山頂だ。見晴らしの良いところに行きたい、と建勲《たけいさお》神社――通称けんくん神社――の鳥居をくぐり、階段を上って、やってきた。

春休みとはいえ、ここは観光客が積極的に来るようなところではない。まだ、午前中ということもあって、山頂にはひと気がなかった。

桜子は京の町を眺めて、はぁ、とため息をつく。

春の日差しが眩《まぶ》しく、その明るさが桜子の心を締め付けた。

「こんなはずじゃなかったんだよなぁ……」

この一年間は、激動だった。

――去年の初夏、桜子は、自分は小説家になる夢を追い掛けると心に決めた。

途中までは、とんとん拍子に進んでいた。

柊に『船岡山アストロロジー』と銘打っていた珈琲店での星読みの座を明け渡し、小説に専念すると決めた後の桜子は、何もかもが上手《うま》くいっていたのだ。

桜子はまず、自信作、『柵』を大幅に加筆修正しようと決めた。

その際、以前、高屋に言われたこと――、

『主人公が洞窟のようなところで目覚めて、「ここはどこなんだ」「自分は何者なんだ」という冒頭はなかなか引き込まれました。洞窟の中で同じ状態の人間と出会い、それぞれ自らの生い立ちを話していくシーンが続くんですが、そこが少し冗長でしたね。ラストになって急にすべて終わってしまうので、全体のバランスが悪い感じがしました。もっとしっかりラストを書き込むのと、生い立ちのシーンをもう少し簡潔にするのとで随分、良くなる気がします』

このアドバイスを留意し、書き直した。

修正は簡単なものではなかった。たとえば、ひとつのシーンを書き直すと、他のシーンとのバランスが悪くなる。

そのため、結果的に一作書き上げるのと同じくらいの労力になった。

こんなに大変なら、新作を書いた方が良かったのでは？　という考えが何度も頭を掠《かす》めたが、桜子はそのたびに頭から振り払った。

なんとしても、『柵』を世に出したかったのだ。

ブラッシュアップには、二ヵ月の期間を要し、できあがった原稿を高屋にチェックしてもらいたいと思った。

高屋は仕事帰り、自分の部屋に戻る前に船岡山珈琲店で夕食を摂《と》る。

その日は、珈琲店自慢の『トルコライス』を食べていた。

ちなみに『トルコライス』とは、トンカツ、ピラフ、スパゲティなどが一つの皿に載った洋食だ。昼の人気メニュー『大人のお子様ランチ』に似ているけれど、内容が違っている。

『大人のお子様ランチ』は、オムライス、ハンバーグ、スパゲティ。

一方の『トルコライス』は、ピラフ、デミグラスソースがかかったトンカツとエビフライ、スパゲティだ。

桜子は、高屋が食べ終わるのを見計らい、目の前にプリントした紙の束を置いた。

『高屋の言う通り直してみたんだけど、良かったらチェックしてもらえる？』

本当はちゃんと頭を下げてお願いするつもりだったのに、高屋の顔を見ると、つい無礼で可愛げのない言い方をしてしまう。

正直に言うと、これはまずい、と思った。さすがに失礼すぎる、と。

『もー、サクちん、編集者の高屋君に原稿のチェックをお願いするのに、そんな言い方はないんじゃない？』

普段、礼儀云々《うんぬん》に緩い柊に、窘《たしな》められてしまったほどだ。

だが、高屋はというと、

『構わない。桜子君の原稿を見ると約束をしていたしね』

あっさりと承諾して、原稿に目を落とす。

ちなみに最近の高屋は、桜子を『桜子君』と呼んでいた。

編集者という職業柄か、それとも元々読書家だからなのか、高屋は読むのが異様に早かった。勢いよく紙をめくっていく姿を前にして、ちゃんと読んでるのだろうか、と不安を抱いたほどだ。

一時間ほどで読み終えた高屋は、原稿から目を離し、うん、と頷く。

『随分、良くなってる』

その言葉を聞き、桜子の顔が、自然と明るくなった。

『そうかな？』

『ああ、大分すっきりしたようだ。最初の原稿は、前半まどろっこしく、後半は急に畳みかけていたんだが、今はバランスがいい。伝えたいストーリーが明確になっていて、面白さが際立ったと思う』

ほんとに？　と桜子が顔を明るくさせるも、だが、と高屋は続ける。

『僕は問題なく読めた。けれど、一般的には分からない』

その言葉に桜子は首を捻る。

『編集者の高屋が問題ないと思うなら良いんじゃない？』

『僕も以前はそう思っていたよ。だが、ルナノートに携わったことで、少し考えが変わった。世の中の人間は、自分たちとは同じではないかもしれないと』

『どういうこと？』

『たとえば、桜子君は、月に何冊本を読む？　小説に限定して』

そう問われて桜子は、えっと、と腕を組む。

『週に一冊読む感じで、四、五冊くらいかな？』

『読書家と呼ばれないかい？』

『あ、うん。呼ばれてるかも』

『僕は一日に最低一冊読んでいる』

そう言って眼鏡の奥の目を光らせた高屋に、桜子は顔をしかめた。

『え、なに、マウント？』

『そうじゃないんだ。世の中には、年に一冊小説を読むか読まないかという人の方が多い。おそらく僕も桜子君も一般的に読書家に分類されていて、一ヵ月も小説を読まないなど、考えられないだろう。だが、多くの人はそうではない。特にこのストレス社会、マンガは楽しんで読めても、活字を読む気力はないという層が結構いる』

身に覚えがあり桜子は、うっ、と言葉を詰まらせる。

『ひとつ提案なんだが、この原稿を一度、柊君に読んでもらったらどうだろう』

『お兄に？　いやいや、お兄はこういうちょっとダークなサスペンス、好まないと思うんだよね。主人公最強チートなラノベばっか好んでるし』

『だからだよ。彼の部屋には、ダークなサスペンスもののコミックもたくさんあった。小説だから読んでないだけで、内容的にはそういうのも好きなはずなんだ』

『つまり、お兄が面白く読んでくれたら、多くの人に受け入れられる作品になってるってことだ……』

桜子は大きく納得して、首を縦に振る。

その後すぐに、高屋を見てにんまりと口角を上げた。

『高屋、お兄の部屋に入ったりしてるんだ。すっかり仲良しだね』

『それは、彼が呼んでくれるから……』

『二人でお喋《しゃべ》りしてるの？』

『そういうこともあるし、お互い本を読んでいたり……。おかげで、マンガの魅力を知ることができたよ』

『え、マンガ、読んでたの？　意外すぎる……』

以前、チラリと聞いたことがあるが、高屋は小説に比べてコミックを下に見ている節があった。桜子はというと、小説はもちろん、コミックも愛しているため、許しがたい、と憤ったのだが……。

今、その意識はどう変わったのだろう？

『ちなみに、高屋が思う、マンガの魅力って？』

『漫画家というのは、天才の仕事だと思う』

真面目な顔で言い切った高屋を見て、桜子はあんぐりと口を開けた。

『天才の仕事って……』

これまた極端な、と桜子は頬を引きつらせる。

『よく考えてほしい、漫画家は、絵も描けて、物語も作ることができる』

『いや、知ってるけど。大昔から知ってるけど』

『小説はある程度、読者の想像に委ねられる。もちろん、それが魅力でもある。だが、マンガはすべてを明らかにしなくてはならない。「絵とストーリーで作品を作っていく」などと一言で言えるものではなく、構図、演出のすべてがページにつめこまれている。これは一人でドラマや映画を作っていると言っても過言ではない。すごいことだ。選ばれし天才の仕事なのだと』

まぁ、そうだよね、と桜子は肩をすくめる。

真面目な人間がコミックを評価すると、こんな見方をするのか、と思わず感心してしまった。

『で、高屋はお兄の部屋で、何読んでたの？』

なんだっていいだろう、と高屋は顔を背ける。

『いやいや、教えてよ。ヒントだけでいいから』

『巨人が出てくるものや、中国の始皇帝の話、あとは、大きな剣を持つダーク・ファンタジー……』

『「進撃の巨人」に「キングダム」に「ベルセルク」！　いやー、高屋、分かってる。あれ、すごいよね』

すぐにタイトルを言い当てて、大きく首を縦に振る桜子に、高屋は曖昧に頷き、それよりも、と話を戻した。

『柊君は、マンガという媒体では、君が書く雰囲気の物語を好んで読んでいたんだ。そんな柊君に感想を聞くのは勉強になると思う』

というアドバイスを受けて、桜子は柊に原稿を読んでもらうことにした。

そうして感想はというと……、

『ごめん、途中で挫折しちゃった』

柊は悪びれずに言って、てへっと笑う。

桜子は沸き上がる怒りを抑え込みながら、これも勉強、と、気持ちを落ち着かせて低い声で訊ねる。

『……挫折って、なんで？』

『読むのが嫌になっちゃって』

柊は誰にでも優しく、人当たりが良いが、身内に対しては、残酷なほど正直だ。

『がんばって読んでみたんだけどさ、改行していてほしいとこでも改行してないし、過剰な比喩表現が多くて、それがちょっと自己陶酔っぽいというか、すごく読みにくいんだよね。なんていうのかな、ビジュアルバンドの酔った歌詞を延々読まされてる感があるというか。歌詞ならいいんだけど、小説ではちょっときついというか、物語が入ってこないというか。ねえ、サクちんは、自分の酔った文章を読んでもらいたいの？　それとも物語を読んでもらいたいの？』

柊に問われて、桜子は鈍器本と名高い『Ａｎｏｔｈｅｒ２０２１』（著・綾辻行人《あやつじゆきと》）でガツンと頭を殴られたような気がした。

『高屋、今の聞いた？』

と、桜子はすぐに珈琲店の隅の席にいる高屋の許に向かう。

コーヒーを飲んでいた高屋は、ああ、と答えた。

『私は、美しい文章を書きたいってがんばっていて、それが私の持ち味だと思っているのに、あんなふうに言うなんて！　高屋はどう思う？』

桜子が憤慨していると、高屋はカップを置いて、ふむ、と腕を組んだ。

『僕も君の比喩は嫌いではないが、柊君の言う通り、それで物語に没頭できなくなるのでは、本末転倒ではないだろうか？　もし、桜子君が文章の美しさにこだわりたいのなら、文芸作品に振り切るのも良いだろう。文芸はまさに「文章の芸術」、一文の美しさを読ませるためのものだしね』

高屋の冷静な提案に、血が上っていた桜子の頭も冷えてくる。

ようやく、『文章を読んでもらいたいの？　それとも物語を読んでもらいたいの？』と問うた柊の言葉を受け止められた。

理想を言えば、文章も物語も読んでもらいたい。当たり前の話だ。

どちらも、諦めたくなかった。

『私には、憧れの作家さんがいるの。文章も美しくて、ぐんぐん読ませて、物語も面白い。その先生を目指したいって言ったら、贅沢《ぜいたく》かな？』

『差し支えなければ、先生の名前を聞いてもいいかな』

『……連城《れんじょう》三紀彦《みきひこ》先生』

そう言うと高屋は、納得した様子で大きく首を縦に振る。

『連城先生か……素晴らしいね』

『最近は読めてないけど、こんなに綺麗な文章を書きたいって、感動したんだよね』

『僕も連城先生の美文に感動したから、よく分かるよ』

『連城先生、素敵だよね』

『ああ』

桜子と高屋は、顔を見合わせて微笑《ほほえ》み合う。コーヒーのお代わりを淹れに来ていた柊が『え、連城って誰？』と小首を傾げていた。

『しかし、だとしたら、桜子君は美文の意味を履き違えている可能性がある』

『えっ？』

『小説の神様と謳《うた》われた志賀直哉《しがなおや》先生しかり、美文とは飾り付けるのとはまた違う。あらためて、連城先生の作品を読み返してみてはどうだろう』

分かった、と桜子は素直に答えた。

そうして桜子は憧れの作家の作品を再読し、高屋が言う通り、自分は美文の意味をはき違えていたのかもしれない、と感じた。

久々に読んで驚いた。

連城三紀彦の文章は、スッキリしていたのだ。

高屋が言っていた志賀直哉もそうだ。描写に無駄がなかった。

それなのにとても美しいと感じさせた。ごてごてに飾り付けた自分の文章と比較し、もしかしたら、独りよがりだったのかもしれない、と桜子は気付くことができた。

柊が最後まで読める文章になってこそ、プロへの第一歩だ。

そぎ落とし、磨き直す。

桜子の夏休みの自由時間は、原稿のブラッシュアップに費やされた。

努力の甲斐《かい》があり、ようやく柊から求めていた言葉を受け取ることができた。

『サクちん、面白かったよ。これ、行けると思う。映像で観《み》たいと思ったもん』

その言葉を聞いた時、桜子は迂闊《うかつ》にも涙が出そうになった。

最初の作品も今の作品も、頭に思い浮かべていたストーリーは同じものだ。それが、文章を変えるだけで、『読めない』から『面白かった』に変わる。

自らの胸に抱く物語を生かすも殺すも、自分の文章次第といえるのだろう。

生まれ変わった『柵』をもう一度、『ルナノート』の小説投稿コーナーに掲載することにした。ちなみに以前の『柵』は、とっくに非公開にしている。

一度に全文載せるのではなく、毎日、数ページずつ更新する連載スタイルを取ることにした。

そうすることで、あらためて自分の文章を見直せるのだ。

柊が読めるまでにブラッシュアップされた『柵』。

他の読者も柊と同じ感覚を抱いたようで、『前の時は途中で離脱したけど、書き直したのは面白い』『続きが気になる』というコメントが届くようになった。

人気ランキングも徐々に上がり、完結まで公開した時は、ミステリー・サスペンス部門で九位にまでなった。

喜びに打ち震えたのも一瞬だ。

完結後、読者は潮が引くようにいなくなってしまい、ランキングは急降下。すぐに圏外（百位以下）となった。

がっかりしたものの、気を取り直し、公募のチャレンジを視野に入れ、色々調べようと思った。

奇跡が起こったのは、そんな頃だ。

その日、桜子は自分の部屋でベッドに横たわり、本を読んでいた。

季節は、夏を通り過ぎて、読書の秋を迎えていた。

読んでいたのは、大好きな作家・相笠《あいがさ》くりす著作の『気まぐれヴァンパイアの推理』。千年生きたヴァンパイアが気まぐれに過去の未解決事件を解いていくというもの。

やっぱり面白い。黒髪白肌で少し腹黒い美形男子のヴァンパイアとかズルいなぁ、と洩らしていると、サイドボードの上に置いていたスマホがブルルと振動した。

桜子は本を閉じて、スマホを手に取る。

『はじめまして、桜宮司さん。私は、春川《はるかわ》出版文庫編集部、橋本静江《はしもとしずえ》と申します』

大手出版社の名が目に入り、ばくんと桜子の鼓動が跳ねた。

『小説投稿サイト「ルナノート」に掲載している「柵─SHIGARAMI─」を拝読いたしました。緊張感のある冒頭で心をつかまれ、次へ次へと読ませる展開に引き込まれ、一気に最後のページまで夢中になってしまいました。（中略）ぜひ、この作品を弊社文庫編集部より刊行していただきたく──』

それは、サイトの私書箱から転送というかたちで、登録しているアドレスに届いたメールだった。

桜子は目を丸くし、ぽかんと口を開けた状態で、何度も文面を確認する。

詐欺じゃないか、と疑い、すぐに『春川出版』『橋本静江』と入力して、検索する。

その結果、橋本静江という編集者は実在していた。

うそ……と洩らして、桜子は口に手を当てた。

立ち上がって部屋の中をうろうろと動き回る。

そのうちに自分がどんどん興奮してくることが分かった。

『柵』の書籍化が決まったのだ。作家デビューできるのだ。

やったぁ！　と大きな声を出して、拳を振り上げる。高まる気持ちは抑えようもなく、そのままシャドーボクシングを始めた。

『桜子、こない遅うに騒いだらあかん！』

即座に京子の怒声が届き、桜子は我に返って動きを止める。

ごめんなさーい、と答えて、ベッドに腰を下ろす。

これは柊と高屋に伝えなければ、と桜子は二人にメッセージを送った。

『重大発表があるから、明日の朝、珈琲店に集合！』

そうして翌朝、桜子は、柊と高屋にメールを見てもらった。

柊は、『詐欺じゃない、大丈夫？』と、オロオロしていたけれど、高屋はというと、平静だった。

『いや、これは間違いなく、春川出版のアドレスだよ。桜子君、おめでとう』

驚かないの？　と桜子が前のめりになると、高屋は申し訳なさそうに言う。

『実は先日、春川出版からうちの編集部に話が来ていたんだ。「柵」を書籍化したい、作者に連絡を取っても良いか、ってね』

『あー、そっか、サクちんの「柵」は、耕書出版が運営するルナノートの投稿作品だもんね。それじゃあ、三波さんや真矢さんも知ってるわけだ』

と、柊は納得している。

高屋の驚く顔が見たかった桜子としては、先に知られていたのは少し残念だったが、それでも嬉しいことには変わりない。

桜子は、昨夜からすでにもう何十回も読んだメールに目を落とす。

こんなことが起こるなんて、と胸を高鳴らせながら、ふと、思って顔を上げた。

『もしかして、高屋がそこに売り込んでくれたとか、そういうことは……』

いや、と高屋は手をかざす。

『僕にそんなツテはないし、うちの編集部の人たちもそんなことをしていない。春川出版から連絡がきて、「こんなこともあるんだね」ってみんなで驚いたくらいだ。うちとしては問題ないし、マル長や真矢さんも喜んでいたよ』

桜子はホッとして、胸に手を当てた。

『そっか、それじゃあ、安心してお返事しても大丈夫なんだ』

ああ、と高屋は頷く。

高屋が直接売り込んでくれたわけではないとしても、こうして声がかかったのは、間違いなく高屋のおかげだ。

自分一人で改稿していたら、こうはいかなかったはずだ。もしかしたら、いつかはチャンスが巡ってきたかもしれないが、それでもこんなに早くは無理だっただろう。

ちゃんとお礼を言いたいのに、桜子は高屋を前にすると、どうにも素直になれず、

『まぁ……その、ありがと、高屋』

素っ気なく言って、すぐに顔を背けた。

『もー、サクちん。高屋君にもっとちゃんとお礼を言わないと。高屋君が色々、協力してくれたおかげでもあると思うんだしさぁ』

すかさず言う柊に、高屋は、いや、とまた手をかざした。

『僕は別に大したことはしていない』

どうやら本心からそう思っているようだ。

高屋は、引き受けたからには真摯に対応する。そして、それに対して恩着せがましくするわけではない。

それは、彼の良いところだ、と桜子は思う。

『私、がんばるね』

夢だった女子高生作家になれるのだ。

これからの未来は、光り輝いている。

そう信じて疑わなかった。

――ここまでが、去年の出来事だ。

「あの時が、人生のピークだったかもしれない……」

桜子は、船岡山から京都の町を眺め、ぽつりと独りごちる。

はぁ、とため息をついた時、ショルダーバッグの中で、桜子のスマホがピコンと音を立てた。

もしかして、担当編集者だろうか？

桜子は急いでスマホを取り出して、確認する。

『落ち込んでると聞いたけど、大丈夫か？』

高屋からのメッセージであり、はぁぁ、と桜子は息を吐き出した。

担当編集者の橋本から連絡が来たのは、十日前のことだ。

『大変、申し訳ございません。「柵」の初速が芳しくなく、編集部の判断で続編の刊行は難しいという結論になりました。次回作としていただいたプロットも、企画会議が通らず、これもひとえに私の力不足と――』

それ以上は読みたくない、と桜子はメールを閉じて、高屋のメッセージに返信する。

『落ち込んでるし、大丈夫じゃない』

デビュー作が売れなかった。

次回作は出せない、と宣言されてしまった。

桜宮司こと神宮司桜子の作家人生は、たった三ヵ月弱で絶たれてしまったのだ。

桜子は手で顔を覆い、ああっ、とうな垂れる。

再び、ピコン、とスマホが音を立てた。

また、高屋からだった。

彼も『柵』の初速が悪いことくらい、分かっているだろう。

慰めのメッセージでも入っているのかもしれない。

申し訳ないけれど、今の自分はどんな言葉も受け付けない。人生のドン底にいるのだから……。

そう思いながら、メッセージを確認する。

『そんなふうに落ち込んでいる人を前にした場合、「星読み」の君だったら、なんてアドバイスをするのだろう？』

「……なんだこれ」

心の声が口をついて出た。

本当に、なんだこれ、だ。

だが、桜子は考えた。かつての自分なら、なんてアドバイスをしたのだろう？

「落ち込んでいる人を前にした時、か……」

星読み業から離れて、約一年。思えば、その間、占星術からも離れていた。

占いに来る人というのは、さまざまだ。興味本位だったり、はたまた深く悩んでいたり、時々、気分がドン底まで落ちている人も来る。

そういう人を前にした時、自分は……。

「――どうしようもなく落ち込んでしまった時は、月の場所を見てください、って、言ってたなぁ」

月は、内面や心、素の自分を暗示する。

自分の月の場所、つまりは、何座にあるのかを確認するよう伝えていた。

月の場所を知ることで、『自分は何をしていれば、満たされるのか』を知ることができる。つまりは落ち込みから浮上するヒントがそこにあるのだ。

「私の月は、水瓶座……」

桜子は、某年、四月五日九時十四分生まれ。太陽は牡羊座。

そして、月は水瓶座だった。

水瓶座は冷静で公平で、独創的、情報収集し、物事の真理を探究する傾向がある。

「そんな月を持つ私は、自らが抱いた興味に対して、情報を収集し、探究して、冷静に向き合うことで、心が満たされ落ち着くんだ……」

もっと簡単に言えば、『自分らしさを知り、自分のしたいことを探究する』といったところだろうか？

思えば、原稿のブラッシュアップをしている時は、大変だったけど、心から満たされていた。あれは、それこそ、より良いものにしようと『探究』をしていたからだ。

今は、絶望しているばかりで、深く考えることを放棄してしまっている。

現在、自分にとって、『必要な探究』は何か——。

「どうして、私の作品が売れなかったか、それを知りたい」

売れなかった理由は勝手な想像で、色々と立てられる。

駄作だった、宣伝が足りなかった、今の市場に合わなかったなどなど、いくらでも挙げられるだろう。
だけど、きっと、もっと明確に『売れなかった理由』はきっとある筈《はず》だ。
それを知ることで、自分は次のステップに進めるのだ。
桜子は両拳を握り、空を仰ぐ。
雲一つない青空が広がっている。
この美しい空が、ようやく目に映った気がした。
「よし、まずは……」
桜子はスマホを手に取り、いそいそ高屋にメッセージを送る。
『今度、編集部にお邪魔してもいい？　皆さんのお話を聞きたくて』
高屋から返事は、すぐに届いた。
『もちろん』
返事を目にするなり、自然と桜子の頬が緩んだ。
さあ、次のチャレンジだ、と桜子は立ち上がる。
でも、その前に店に戻ろう。
腹が減っては戦はできぬ、だ。
「お祖父ちゃんに美味しいものを作ってもらおう」

何がいいだろう。『大人のお子様ランチ』も良いけれど、『勝つ』ために、トンカツを食べたいから、トルコライスにしてもらおう。

「よし、ここから再出発だ」

おう、と拳を振り上げる。その勢いのまま、シュッシュッとシャドーボクシングを始めていると、親子連れがハイキングにやってきたので、桜子は何食わぬ顔で姿勢を整える。

「おかあさん、あのおねえちゃん、だれとたたかってたの？」

「こら、タカシ」

シッ、と母親が人差し指を立てる。

お姉ちゃんは、これから過去の自分と戦うんだよ。

未来のために。

心の中でそう返し、桜子は来た時とは正反対に、軽い足取りで船岡山を後にした。

桜子的・月の星座で知る自分の心の満たし方

牡羊座	自分の感情を素直に表現し、感覚に従って行動しよう。
牡牛座	自分にとっての心地よさを追求し、そこでくつろごう。
双子座	楽しい交流や新しい情報の収集など、好奇心に従って行動しよう。
蟹　座	家族や親しい人と、安心できる場所でリラックスしよう。
獅子座	自分の存在を外にアピール、表現しよう。
乙女座	目につく身の回りを整理整頓して、一息つこう。
天秤座	親しい人と楽しい時間を過ごし、その後は一人でのんびりしよう。
蠍　座	興味を持ったことをとことん深掘りしてみよう。
射手座	外国の文化や宇宙の神秘など、自分が興味を持ったことに触れよう。
山羊座	自分でしっかりスケジュールを組み、予定通りに行動してみよう。
水瓶座	自分らしさを知り、自分のしたいことを探究しよう。
魚　座	落ち着ける場所でのんびり過ごしたり、瞑想したりしよう。

第三章　太陽と月のフルーツ大福

1

耕書出版大阪支社に来て、一年。

高屋は、中高生向け占い雑誌『ルナノート』の担当となった。最初は落胆していたが、好みではない仕事でも学びはある。

今となっては、割り切った気持ちでいた。ここでは『自分の本当にやりたい仕事』はできないだろう、と諦めていたのだ。

だが、WEB小説投稿サイトから公式作家を四人選出した際、彼らのアンソロジーを刊行しよう、という話になり、真矢から『これは全面的に高屋君に任せるわ。前の部署の経験も生かせるだろうし』と言われた時、高屋の胸が躍った。

以前は、文芸雑誌を作る部署にいた。

真矢の言う通り、その時の経験を生かせるだろう。

しかし、高屋が作ってきたのは、雑誌だ。

書籍を作り、世に送り出すのは、初めての経験だ。

四天王たちにとっても、初書籍。

彼らが今後、作家としてどのような変貌を遂げようと、初書籍というものは間違いなく、一生の想《おも》い出《で》になるものだろう。

気を引き締めなくてはならない。

気合を入れたのも束の間、アンソロジー集制作は、困難を極めた。

編集部の会議で、『星や月にまつわる話』と『せっかく四人だから、それぞれ違う季節のお話を書いてもらう』ということになった。

季節は、恋愛作家が春、ホラー作家が夏、ミステリー作家が秋、ファンタジー作家が冬と決めたのだが、それからがなかなか大変だった。

高屋は半年前の四天王を交えてのリモート会議を思い出し、そっと息を吐き出す。

『え、どうして私が春なんですか？　恋愛は冬の方が盛り上がるイベント、たくさんあるんですけど』

『ホラーが夏って、安直じゃないですか？』

『自分は秋のままでいいですよ』

『冬ですかぁ……』

彼らは揃いもそろって、アイコンなどで顔を隠し、声まで変えて会議に臨んでいる。そのため、表情や声音から何も読み取れない。

そういうこともあってか、かなり強気で我を通してくる。

希望を聞くと、恋愛作家↓冬、ホラー作家↓秋、ミステリー作家↓秋、ファンタジー作家↓できれば夏、ということだ。

『それじゃあ、恋愛の私が冬を担当して、ファンタジー作家さんが夏を、そしてホラー作家さんミステリー作家さんのどちらかは、春を担当したら良いんじゃない？』

こちらが何も言っていないのに、恋愛作家が言い出した。

すると、『どうしてあなたの希望が通って、こっちは譲歩しなきゃならないんですか？』と怒り出すものが出てくる。

中でも落ち着いた様子のファンタジー作家が、まあまあ、と宥《なだ》め、

『いっそ、くじ引きにするとかはどうかな？』

そんな提案をしてくれた。

だが、それぞれ担当してもらう季節は編集部の会議で決まったものだった。

どうしたものか、と高屋がオロオロしていると向かいの席に座る三波が、その様子を見かねて、リモートに加わった。

丁寧に自己紹介をしたあと、三波はにこりと微笑んで話を始める。

『皆様が、それぞれ書きたい季節があるのは分かります。編集部としては、企画会議をした結果、最初に恋愛小説で読者の心を解きほぐし、その次にホラー作品に移って、恐怖への急展開、その後にミステリーでピリッとしたスパイスを与え、最後はファンタジーで幻想的に締めくくり、読者に満足してもらう、そういう構成を考えて、依頼させていただきました。何卒《なにとぞ》、よろしくお願いいたします』

そう言って三波が深く頭を下げた時、四天王は揃って黙り込んだ。

そういうことだったのか、と各々が思っているのが伝わってきた。

『編集部の意向なら……』

と、四人は嘘《うそ》のようにすんなり引き下がった。

会議が終わった後、高屋が礼を言うと、三波は人差し指を立てて強めに言った。

『作家はプロアマ問わず、自分の主張を強く持っている人が多いの。複数を取り纏《と》め《まと》る場合はこっちが「こうしたいから依頼をしているんです！」って強い姿勢でいかなきゃ、纏まるものも纏まらないわよ。時間がかかりすぎると、年度が変わって予算がつかなくなったり、上司が替わって方針も変わったりして、本当に機会を逃すことがあるんだから。それって彼らにとっても残念な結果になってしまうでしょう？　時に憎まれ役になっても、通すところは通さないと』

高屋は圧倒され、言葉もなく首を大きく縦に振った。

初めて三波の言うことに感心した気がした。

アンソロジーの書籍は、文庫で刊行する。

高屋の気持ちとしては、ハードカバーの単行本を作りたかったのだが、今、ハードカバーは、知名度がなければなかなか売れない。

それもそうだろう、文庫の倍以上の値段がするのだ。

文庫と決まり、まずは総ページ数を決めるところから始めた。文庫は十六の倍数で作られる。一枚の大きな紙に、十六ページ分を刷ることができるためだ。

耕書出版の場合、文庫は最低百九十二ページから作るようにしているという。しかし、そこまで薄かったらインパクトに欠けるもの。

だが、あまりに厚くても、敬遠してしまうだろう。

総ページを二百二十四として、四天王には、約五十四ページ前後の短編を書いてもらうことにした。

他に、総扉、目次、著者プロフィール、あとがきなどを入れていく。ページが中途半端に余った場合は、耕書出版文庫の広告を入れたりする。

作家たちには、真矢から伝えられている締め切り日よりも一ヵ月早い日を伝え、七月刊行で予定を立てた。

夏休み前に発売することで、夏の読書の一冊に加えてもらう算段だ。

これで、よし、と思っていたのも束の間、

『プレッシャーで、筆が進みません』

『自分なんかが本を出して、本当に良いのでしょうか？』

と、不安から情緒不安定になる作家たち、

『たった、五十四ページで何が書けるというんでしょうか!?』

と憤る作家もいれば、その逆も然《しか》り。

『すみません、もしかしたら、五十四ページも書けないかもしれません。自分は基本的にショートショートばかり描いていたので』

四天王は、四者四様だった。

こういう対応は、文芸雑誌に所属していた高屋には慣れていた。

とりあえず、書けたところまでを読ませてもらい、良いところを伝えて、アドバイスをし、励ましていく。

――そうして、半年。

四天王は、揃いも揃って、高屋が伝えた締切日の夜遅くに原稿を送ってきた。ギリギリまで原稿と向き合っていたのだろう。

作家たちは、これで終わった気持ちでいるだろうが、原稿はここからが本番だ。届いたのは、あくまで第一稿。これをブラッシュアップしていく。

それは、無から有を生み出すのとは別の、すでにできたものを磨き上げる作業だ。編集の仕事は、ここからが本番といっても良いだろう。

そして高屋は、もう一つの大きなことに頭を悩ませていた。

アンソロジーのタイトルと表紙をどうするのか、なかなか決まらないのだ。

四天王の意見も参考までに聞いてみたが、これまたバラバラで、かえって頭を悩ませる結果になってしまった。

そんな時だ。柊から、『あのね、高屋君、サクちんが落ち込んでてね、ちょっと大変なことになってるから、時間がある時にでも、話を聞いてやってほしいなぁ』と連絡が来たのは……。

「話を聞いてやって、と言われても……」

高屋はぽつりと零《こぼ》して、どうしたものか、と腕を組む。

順調だったはずの桜子に一体、何が起こったというのか。

しかし、四天王も些細《ささい》なことで、不安になって落ち込んでいた。

図太そうに見えた桜子もそうなのかもしれない。

一応聞いておくか、と桜子にメッセージを送る。

『落ち込んでると聞いたけど、大丈夫か？』

返事はすぐに届いた。

『落ち込んでるし、大丈夫じゃない』

本当に落ち込んでいるようだが、文面を見る感じ、元気はありそうだ。

約一年間、桜子を近くで見てきたが、彼女はいつもエネルギッシュだった。思えば、暗い顔など見たことがない。

その分、怒っている顔はよく見た気がするが……。

それにしても、と高屋は息をつく。

かつては占星術を使って人々の悩みを解きほぐしてきた星読みだというのに、そんなふうに落ち込んでいるなんて……、自分のことは分からないものなのだろうか？

そんな想いから、こんなメッセージを送った。

『そんなふうに落ち込んでいる人を前にした場合、「星読み」の君だったら、なんてアドバイスをするのだろう？』

今度は、返事が来るまで時間がかかった。

話をそらすような返事になってしまったから、怒っているのだろうか？

ややあって、桜子から届いたメッセージは意外なものだった。

『今度、編集部にお邪魔してもいい？　皆さんのお話を聞きたくて』

すぐに『もちろん』と返す。

真矢も三波も歓迎するだろう。マル長は言うまでもない。

高屋はスマホを置き、「あの」と真矢に向かって声をかけた。

2

「どうしようもなく落ち込んでしまった時は、月の位置を視るといいと思いますよ。ハウスもそうですが、とりあえずは、自分が何座かを確認してみてください」

桜子が船岡山珈琲店の扉を開けると、柊のそんな言葉が耳に届き、思わずむせた。

自分はつい先ほど、落ち込み尽くして、月の場所を確認したばかり。

なんて偶然だろう、と桜子は首を伸ばして、柊の方を見る。

今は、午前十一時を少し過ぎたところ。

店は開店したばかりであり、店内に客は、星の相談に来ている一人しかいない。

桜子が星読みをしていた時は、午後の休憩時間に『星読みタイム』を設けていたが、柊に代替えした今は、特に決まりを設けていない。客からの要望があり、引き受けられる状態であれば応じているようだ。

柊の対面に座っているのは、人気作家の相笠くりすだった。

相変わらず、長い黒髪をツインテールにし、ゴシック&ロリータファッションを身に纏っている。

そのファッションは、本来の弱い自分を覆い隠す、戦闘服のようなものだ、と以前、相笠くりすが話してくれたことがあった。

桜子は、相笠くりすの姿が目に入るなり、顔を明るくした。

彼女のファンであり、今や目標でもある。

「相笠先生、いらっしゃいませ」

あら、と相笠くりすは、顔を上げる。

「こんにちは、桜子さん。今日は書店じゃないのね」

「あ、はい。今日はお休みをもらいました」

「そうそう、話は聞いているわ。デビューおめでとう」

拍手をするような素振りで言う相笠くりすを前に、桜子ははにかんだ。

「……ありがとうございます」

そうだ、と柊が手を叩く。

「サクちん。せっかくだからくりす先生に天国から地獄の話を聞いてもらったら？」

その瞬間、桜子は、柊の脇腹に手刀を当てた。ごふっ、と柊はむせる。

「天国から地獄？」

「なんでもないです」

と、桜子は首を横に振る。

憧れの人に、今の情けない状態を知られたくはない。

桜子は慌てて話題をそらした。

「相笠先生は、運気の流れを聞きに？」

ちなみに相笠くりすは、以前の覆面星読みが桜子であることを知っている。教えたわけではなく、その洞察力を以《もっ》て、気付かれたのだが……。

相笠くりすは、定期的に星の流れ——現在の星の配置が、自分にどんな影響をもたらすのかを聞きに来ていた。

たとえば、『現在の星の配置が良いので、今は突き進んだ方が良いですよ』ということもあれば、『今は星々が逆行している時なので、冒険するのはおすすめしないです』と伝えることもある。

「今回は、ちょっと悩みがあって……」

「悩み……」

そういえば、店に入った時、柊は彼女に『どうしようもなく落ち込んでしまった時は、月の位置を視るといいと思いますよ』とアドバイスをしていた。

「相笠先生のようなベストセラー作家さんも悩むことがあるんですね……」

桜子の目には、彼女は『すべてを手に入れた人』に映っているため、思わずそんな言葉が口をついて出た。

彼女は、それはそうよ、と肩をすくめる。

「仕事でもいちいち悩むし、今悩んでいるのは個人的なことだけど……」

そこまで言って相笠くりすは、ほんのり頬を赤らめる。

その顔を見てピンときた。

以前の、三波の表情と重なったためだ。

桜子はその場にしゃがみ込んで、小声で訊ねる。

「もしかして、恋の悩み、ですか？」

相笠くりすは弱ったように、そっと首を縦に振った。

わあ、と桜子が口に手を当てると、彼女は小さく息をつく。

「あなたに目をキラキラさせてもらうような話じゃないのよ。相手には彼女がいるんだから……」

あ……、と桜子は口を噤《つぐ》んだ。

同時に相笠くりすの想い人の予想もついた。

ある時から、彼女の作品には必ず頭脳明晰《めいせき》な黒髪・白肌の美青年が登場するようになった。そのキャラには、モデルがいる。

桜子も知っている人物だった。

寺町通《てらまちどおり》の骨董品店《こっとうひんてん》の後継ぎ、家頭清貴《やがしらきよたか》。

彼には恋人——婚約者がいるのだ。

何も言えなくなった桜子に、相笠くりすは頬杖をついて、ぽつりと訊ねた。

「ねぇ、桜子さん、あなたの担当の編集者は、女性、男性？」

「あっ、女性です」

「そう、それは良かったわ。男性だったら大変よ」

「えっ？」

「私ももう同じ失敗はしないと誓ったのに、結局、似たようなことになっちゃって……ほんと、駄目よねぇ」

相笠くりすは独り言のように言って、息を吐き出す。

なんのことだろう？

桜子が戸惑っていると、相笠くりすは、ごめんなさいね、と肩をすくめて柊を見た。

「それじゃあ、柊君、今度は仕事運を視てもらえるかしら？」

「はーい」

担当編集者が男性だったなら、なぜ大変なのか、はたまた『同じ失敗』とはなんのことなのか、突っ込んで聞きたかったが、もう二人は次の占いに入っている。

それは今度にしよう、と桜子は二人から離れ、カウンターへ向かった。

「マスター、最高に美味しいトルコライスお願いします」

桜子はあえて『お祖父ちゃん』ではなく『マスター』と呼んでオーダーし、椅子に腰を掛ける。

マスターは嬉しそうに目尻を下げて、「畏《かしこ》まりました」と微笑んだ。

彼は『マスター』と呼ばれることを好んでいるのだ。

トルコライスが出来上がるまでの時間、桜子は持て余した暇を埋めるようにスマホを手に、SNSをチェックする。

桜子もSNSのアカウントを持っている。だが、『桜宮司』としてではない。

アカウント名は『さくら』。

つぶやかないし、リプライもしない、見る専用だ。

ふと思って、ハッシュタグに『柵』とつけて、検索してみる。

『ペンキ塗り替え中です　#柵』

『わんこをお迎えしたので、我が家の庭にフェンスをつけました！　#柵』

『隙間に顔を挟むのが大好き　#うさぎ　#柵』

出てくるのは、延々フェンスの話題ばかりだ。今度は、『#桜宮司』で検索してみる。

『期待の新人、桜宮司のサスペンス「柵」！　本日発売！　#桜宮司』

これは、三ヵ月前の発売日に春川出版文庫がつぶやいてくれたものだ。

同日、一部書店が『本日の入荷』としてお知らせをしてくれているのがちらほら見受けられる。

だが、本の感想などには当たらなかった。

『ルナノート』の自分のページに、『書籍化が決まりました。よろしくお願いいたします』と活動報告を書いた時は、『楽しみです』『買いますね』と言ってくれた人もいたのだが、彼らが本当に買ってくれたかどうか分からない。

落ち込んできたので、桜子はSNSから目を離す。

「お待たせしました」

ちょうどトルコライスができたので、ありがとう、と微笑んで桜子は、スマホをカウンターに置いた。

手をおしぼりで丁寧に拭って、「いただきます」とフォークを手に取り、食べ始める。

美味しい……、とつぶやいていると、スマホにメッセージが届いた。

『編集部に来る話、急だが、明日の午後はどうだろう？　ちょうどみんな揃っているのと、ぜひ君の話を聞きたいと言っているんだ』

高屋からだった。

その文面を見るなり、桜子は前のめりになって返事を打ち込む。

『ぜひ、行きたい！』

そう返した時には、重々しい気持ちが少し晴れていた。

3

翌日の午後。

「相変わらず梅田は、日本三大ダンジョンの一つって感じ」

梅田駅に降り立った桜子は、ぐるりと構内を見回して、そっと肩をすくめる。

もちろん、『三大』というからには、ダンジョンはあと二つある。新宿駅と横浜駅だ。全国的にその名が知られているのは、いわずもがな新宿駅だが、ダンジョンのレベルとしては、三大の中では最弱だ。梅田駅と横浜駅は、拮抗《きっこう》している。梅田駅をクリアした人でも横浜駅に来たならば混乱するだろうし、その逆も然りだ。東西の横綱と言っても過言ではないだろう。

もちろん、これはあくまで個人の感想であり、公式の見解ではない——。

桜子は、梅田駅の改札を出て、歩きながらそんなことを思っていると、

「桜子君」

名前を呼ばれて桜子は、我に返る。

視線の先には、就活を思わせる濃紺のスーツを纏《まと》い、眼鏡をかけた二十代半ばの青年――高屋が立っていた。

「高屋、どうしてここに？」

「迷ってしまうかもしれないと思ってね」

この時間に着くと聞いていたし、と高屋は続ける。

「へぇぇ、高屋って意外と気が利くんだね」

「……君はいつも一言余計な気がするのだが」

高屋は、メガネの位置を正しながら、目を細める。

桜子は、ごめん、と手をかざした。

「梅田に来たら必ず迷うから、助かった」

「随分、不安だったのだろうね？」

「えっ、どうして？」

「考え込むような顔をしていたから」

「ううん、考えていたのは、三大ダンジョン……、いや、しょうもないことだから」

「三大ダンジョンとは？」

慌てて誤魔化したのに聞かれていた、と桜子は顔を引きつらせる。

「まぁ、その……梅田駅って、日本三大ダンジョンだと思っていてね。私の中での話だけど」

「それじゃあ、あとの二つは？」

「新宿駅と横浜駅」

そう言うと高屋は、ぶっ、と噴き出し、

「たしかに……言えてるかもしれない」

と、肩を震わせて笑う。

高屋がこんなふうに笑う姿を初めて見た桜子は、少し驚いて目を瞬かせた。

「高屋も笑うんだね」

「君の前で笑ったことなかったかな」

「あるのかもしれないけど、あんまり印象ないかも。いっつも苦虫を嚙み潰したような顔してるし」

「いつも冷静沈着と言ってほしい」

「部屋にゴキブリが出た時、絹を裂くような悲鳴を上げてたくせに？」

「それは……忘れてほしい」

高屋は気恥ずかしそうに言って、指先で眼鏡の位置を正す。

桜子は高屋を横目で見て、頰を緩ませる。

彼が関西に来て約一年。最初はロボットのような男だと思っていたけれど、随分、人間らしくなったようだ。

「そういえば、君は神奈川県に住んでいたとか。横浜駅はお手の物だろう？」

「住んではいたけど、中学生の頃だもん。駅なんて時々遊びに行く程度だったし、行ったらいっつも迷ってたよ」

そうか、と高屋は相槌をうつ。

桜子の両親は、海外へ仕事に行っている。

「君が京都に身を寄せたのは、いくつの時？」

「中三の時だから十五歳だよ」

「両親と一緒に行きたいとは思わなかったんだ？」

「行きたい気持ちもあったんだけど、結構、転々とするって話だったから断念した。実際、最初はアメリカでその次にオーストラリア、今はベトナムだけど、次また違うところに行くみたいだし」

「ああ、それはたしかに大変そうだ」

でしょう、と桜子は息をつく。

「私としては、京都にある祖父母の家が大好きだったから、こっち来られて良かったと思ってるんだ」

「それは良かった。それにしても、そんなふうに世界を転々とするなんて……差し支えなければ、ご両親のご職業を聞いても？」

相変わらず堅苦しい男だ、と桜子は肩をすくめる。

「差し支えないから答えるけど、両親は世界を股に掛けるビジネスマン……っていうわけじゃなくてね、二人とも日本語教師なの。日本にいた時も横浜で外国人相手に日本語を教えてたんだけど、教え方が上手いって評判だったみたいで」

「評判の日本語教師……なるほど、それで引く手数多《ひ　て　あまた》なわけだ」

「たまたま、そういう話が来たみたいだけどね」

「なんだか、納得したよ。小説において君が語彙を重視するルーツはそこにあるのかもしれないね」

「いやいやいや、あんまり関係ないと思うよ？」

そんな話をしながら、駅構内を歩く。

耕書出版のオフィスは、駅に直結しているビルの中にあった。

便利な場所だが、高屋の案内がなければやはり迷っただろう。

二十五階建てと、なかなか大きなビルだったが、ロビーはとてもシンプルだ。

中に入るとすぐにエレベータの入口が四つ並んでいるのが見える。

受付カウンターなどはなく、誰でも自由にエレベータに乗り込むことができていた。

桜子は高屋の後をついて歩き、共にエレベータの中に入る。

高屋は二十階のボタンを押した。

「自社ビルじゃないんだよね？」

「もちろん、このビルのワンフロアを借りているだけだよ」

二十階に着くと、耕書出版のポスターが貼ってあった。

『あなたのお気に入りの一冊を届けたい――耕書出版』

そのポスターは、浮世絵に出てくるような女性が、和綴《わと》じの冊子を開いているデザインだった。

桜子は、ポスターに顔を近付けて、首を捻る。

「インパクトはあるけど、どうして、こんなデザインなんだろう？」

「うちの会社、耕書出版は、蔦屋重三郎《つたやじゅうざぶろう》が作った『耕書堂』という出版社から名前をもらったそうだ」

蔦屋重三郎は、江戸時代の商人だ。

浮世絵の出版などを手掛け、その手腕は、今世にも伝えられている。

「それで浮世絵なんだ……」

なるほど、と桜子は納得しながら、オフィスの中へと進む。

ワンフロアすべて耕書出版だと聞いていたので、広々としているのを想像していたが、見ると違っていた。

あちこちに衝立《ついたて》があって、フロアが細かく仕切られている。

並んでいるデスクの上はどれも漏れなく倒れそうなほどの本や雑誌が積み上げられていた。皆、自分の仕事に集中しているように見える。

「出版社って感じ……」

桜子は小声で囁いて、オフィスを見回した。

三十路《みそじ》前後で、髪は無造作、気だるげな雰囲気の男性の姿が目に留まり、見覚えがある、と目を凝らす。

朽木透《くちきとおる》だった。彼は耕書出版の営業で、以前、占星術鑑定に『船岡山珈琲店』に来たことがあったのだ。しかし桜子はその時、姿を隠して星読みをしていたので、彼は自分のことは分からないだろう。

そんな朽木の隣には、爽やかな青年が彼に向かってにこやかに話しかけていた。ほどよく整えられた髪、仕立ての良さそうな、でも堅すぎないスーツ、少し離れたここからでも分かる、並びの良い白い歯――。

「ね、高屋。あの、御曹司みたいな人は？」

桜子は高屋のスーツの裾を引っ張って、小声で訊ねる。

高屋は、御曹司？　と眉根を寄せるも、桜子の視線の先を確認して、納得したように首を縦に振った。

「彼は、営業部の柿崎直也《かきざきなおや》さんだよ」

「あの人も営業なんだ……」

同じ営業でも朽木とはまるで違っている。彼、柿崎直也こそ、まさに理想の営業という雰囲気だ。

ちょっとカッコいいかも、と桜子は小声でつぶやく。

だが、すぐに気を取り直し、高屋を見た。

「で、高屋の席は？」

「窓際だよ」

その言葉に桜子は、窓際に目を向けた。

六台のデスクが向かい合った島になっている。その前に編集長のデスクがあった。噂《うわさ》のマル長こと丸川編集長兼支社長が、険しい表情を見せている。

いつも陽気だと聞いているマル長の真剣な様子に、何かトラブルでもあったのだろうか、と桜子は一瞬、心配した。

だが、マル長が見ているのがスポーツ新聞だと分かり、桜子は思わず苦笑する。

「高屋のデスクって、あそこ?」

窓際の一角で一番整理整頓されているデスクを指して訊ねると、高屋は頷いた。

「ああ、よく分かったね」

「性格が出てるよ」

高屋の向かい側のデスクに、三波が座っていた。イメージ通り、ファッション誌が積み上げられている。

真矢の席は、三波の隣だった。

二人はローカル雑誌『お洒落《しゃれ》メシ』を手に、相談をしているようだった。

桜子が興味深く眺めていると、二人はこちらに気付き、立ち上がる。

「桜子さん──いえ、桜宮先生、ですね」

そう言って笑顔を見せた真矢に、桜子は勢いよく首を横に振った。

「『先生』なんてやめてください、これまで通り、『桜子』でお願いします」

「それじゃあ、桜子ちゃん、デビューおめでとうございます」

三波はそう言って桜子の前に花束を差し出した。ガーベラや薔薇《ばら》がピンク色で統一されている可愛らしいブーケだ。

すかさずマル長が立ち上がり、大袈裟に拍手をする。

「ほんま、桜子ちゃん、おめでとう。我が『ルナノート』から初の作家デビューやで。他社やけど」

「おめでとうございます」

と、真矢も拍手をする。

こちらの様子を見ていたのだろう。オフィスにいた、他の部署の人たちもつられたように拍手をしていた。

「高校生でデビューなんて、本当にすごいわ」

「うんうん、マンガみたい」

真矢と三波が明るい笑顔で言う。

「え、いや……あの……」

皆からの拍手を受けながら、桜子は笑顔を見せられない。

弱り切って目を泳がせていると、高屋が困ったように言う。

「実は、桜子君は今、落ち込んでいるようで」

その言葉がキッカケとなり、桜子の中で張り詰めていた糸がぷつんと切れた。

水道管が破裂したかのように、桜子の目から涙が溢《あふ》れ出《で》る。

それは嬉し涙ではないことは誰の目にも明らかであり、皆は戸惑いながらも、桜子を会議室へ案内した。

4

「——ごめんなさい、せっかく、お祝いしてくれたのに」

ようやく落ち着いた桜子は、自分の事情、今の心境を正直に話した。

作家デビューして喜ばしかったのも束の間、発売された本の初速売り上げが良くなく、このままでは続編も次回作も出すことはできない、と担当編集者に言われたことを伝えたうえで深く頭を下げる。

いいのよ、と真矢は首を横に振った。

桜子は顔を上げて、そっと肩をすくめる。

「とことん落ち込んで、吹っ切ってからここに来たつもりだったんですけど……」

会議室は、長テーブルが向かい合って設置されていた。

桜子の向かい側には、真矢、三波、高屋が並んでいる。

桜子はまるで面接にでも来たような気持ちになって身を縮め、目の前にあるカップに目を落とした。

真矢はテーブルの上で両手を組み、そうだったの、と口を開く。

「今、本がなかなか売れない時代だから、『初速が芳しくない』っていうのは、正直、珍しい話ではないんだけど、それがデビュー作で、『次作は無理です』って言われてしまうのは、さらにしんどいよね」

端に座る高屋は、ノートパソコンを開き、キーを叩き始めた。

「たしかに、『柵』の初速は良くないようだ」

高屋のつぶやきに、桜子は勢いよく顔を上げた。

「ちょっ、高屋、追い打ちをかけるようなことを言わないでよ！　私はもう、先がないのよ！」

「そんなに悲観的になることもないだろう。なかなか売れないというのは、よくある話だ。かの東野圭吾《ひがしのけいご》先生も売れていない時期があったくらいだ」

「高屋、そんな超大先生の話を持ち出されて慰められても、私はちっとも嬉しくないんだけど?」

「慰めたつもりはない、事実を言ったまでだよ」

「少しは慰めてほしいんだけど?」

「君は相変わらず、よく分からないな」

そんな二人のやり取りを見ながら、真矢と三波は肩を震わせる。

小さな笑い声が耳に届き、桜子は我に返って口を閉ざした。

「一年も経てば、二人はすっかり仲良しなんだ」

最初の険悪さを知る三波は、感慨深そうに洩らす。

高屋は、どうでしょう? と小首を傾げ、桜子は口を尖《とが》らせる。

「まぁ、高屋には色々世話になりましたけど……」

ごにょごにょと洩らし、桜子は気を取り直したように、あの、と顔を上げた。

「今日は、『なぜ、私の作品が売れなかったのか?』……その理由を知りたいと思って、ここに来ました。作品が未熟なのは前提としてそれ以外に何かあるんじゃないかって。もし良かったら、感じたことを教えていただけませんでしょうか？」

そう言って桜子は深くお辞儀をする。

真矢と三波は顔を見合わせて、そういうことなら、と静かに答える。

それじゃあ、と三波が肘を曲げて挙手した。

「私からまず、聞きたいんだけど、いいかな？」

「はい、なんでも」

「『女子高生が作家デビュー』って、今の時代でも、それなりにインパクトはあると思うのよね。でも、それについては一切触れていないじゃない？　もし私が担当編集なら、桜子ちゃんの顔写真を帯につけてアピールすると思うのよね」

痛いところを突かれたと、桜子はばつが悪そうに肩をすくめた。

「実は、そういう提案もあったんですけど、私が断ったんです」

「どうして？」

「私もデビューを夢見ていた時は、帯に『女子高生作家！』って書いてもらいたいと思っていたんです。でも、いざ、その場面になると、嫌だなと思ってしまって……。だって、もしそれでヒットしたら、『女子高生が書いたサスペンス作品だからだ』って言われる気がして……作品だけを評価してもらいたいって思ったんです。だから、顔出しとか全部お断りしました」

そっかぁ、と三波は頬杖をつく。続いて真矢が訊ねる。

「それじゃあ、筆名の『桜宮司』は、性別を分からなくしたかったから？」

はい、と桜子は首を縦に振る。

真矢は、なるほどねぇ、と言って腕を組む。

ところで、と高屋が眼鏡の位置を正しながら、口を開く。

「サイトでは、『―SHIGARAMI―』というローマ字表記がついていたけど、書籍になった時に取ってしまったのはどうしてだろう？」

「それは……元々ローマ字はつけたくなかったから。担当さんからも『書籍化するにあたり改題しませんか？』って提案いただいていたんだけど、それも断って」

どうして？と三波が訊ねると、だって、と桜子は気恥ずかしそうに言う。

「表紙に『柵』の一文字の方がインパクトあるかなぁって。その、小野不由美《おのふゆみ》先生の『残穢《ざんえ》』みたいな感じで……」

あー、と真矢と三波と高屋は声を揃える。

桜子がイメージしていたものが、ようやく理解できた瞬間だった。

「次回作は、灰に燼《もえくい》で、『灰燼《かいじん》』ってタイトルのサスペンスを考えていたんです」

カイジンって？　と三波は小声で高屋に訊ねる。

「燃えて跡形もなくなることの意ですよ」

「え、そんな言葉があるんだ」

三波さん……、と高屋は額に手を当てる。

「その『灰燼』、プロットを作って、担当編集さんに出したんですが、企画会議に通らなかったって……」

プロットというのは、物語の筋立て、構想だ。

作家は小説を書き始める前にプロットを作って、編集者に提出し、企画会議などに通して、ＯＫが出たら、執筆に入るという流れだ。

桜子は、しゅんとうな垂れている。

真矢はというと、しばし黙り込んだかと思うと、そうね、と顔を上げる。

「これはもう、『百聞は一見に如かず』だわ。桜子ちゃん、柿崎君に現場に連れていってもらいましょう」

えっ、と桜子は目を瞬かせた。

5

真矢の言う『現場』とは、そのものずばり書店のことだった。

書店と言っても桜子がいつも手伝っている『船岡山書店』とは規模が違う、駅中の大型書店だ。店内は多くの人で賑わい、活気がある。

「梅田店の売上は、全国五指に入るんですよ」

柿崎はそう言って、まるでホテルのコンシェルジュのように桜子を店内に案内する。桜子は、「あ、はい」とぎこちなく答えるだけだ。

心なしか頬が赤くなっているように見える、と高屋は眼鏡の奥の目を凝らす。

現場に同行したのは、高屋だけではない。

三波も付いてきていた。

「ここはアクセス抜群だから、私も仕事帰りに毎日立ち寄ってるの」

などと三波は、どこか自慢げに言っている。

それじゃあ、と柿崎は足を止める。

「桜子さん、まずは一人でじっくり棚を見てきてください」

はぁ、と桜子は答えて、文庫の棚へと向かう。

新刊は面に平積みされ、そうでない作品は棚差しだ。

桜子は普段書店でバイトしている。

棚の確認なんて、今さらの話ではないか。高屋はそう思ったが、桜子はというと、思いのほか興味深そうにまじまじと眺めている。

桜子の作品はあるのだろうか？

高屋は、春川出版の棚へと向かう。

桜子の作品はあった。

棚に一冊だけ差し込まれていた。

その側に平積みされた作品には、『メフィスト賞受賞・期待の新人！』というポップが見える。

桜子はその作品を手に取り、眉間に皺《しわ》を寄せた。

「メフィスト賞は知ってる？」

柿崎の問いかけに、桜子はこくりと頷く。

「第一回目の受賞作は森博嗣《もりひろし》先生の『すべてがFになる』ですよね。少し尖った良作が受賞するイメージで、結構憧れているんです」

うん、と柿崎は頷く。

「もし、桜子さんの『柵』に『メフィスト賞受賞作』という冠がついていたら、もっと売れただろうね」

「たくさん宣伝してもらえるから？」

それもある、と柿崎は答える。

「世知辛い話をしてしまうけど、出版社が主催している文学賞でデビューした場合、それなりにプロモーションしてもらえるものなんだ。その賞のイメージがかかっているし、そのための予算も確保されている。けど、その月の文庫ラインナップの一冊としてのデビューとなれば、話は違ってくる」

特に、と柿崎は話を続けた。

「春川出版さんのような大手となると、毎月の刊行点数がかなり多い。書店でバイトしている桜子さんなら実感していると思うけど……」

はい、と桜子は頷く。

「春川出版の発売日は、毎月身構えてるくらいです」

「そうだよね。だから、一冊に使える予算はかなり絞られてくる。そうなると、どうしてもできることが限られてきてしまうわけで……」

「そうですよね。それなのに私、インタビューとか色々断ってしまっていて……私は何もせずに、版元さんがいっぱい宣伝して、売ってもらえるものなんだって、そんなふうに思っていて……」

と、桜子は目を伏せる。

「うん、本来作家は書くのが仕事だから、それは正しいんだ。けど、今の時代、それでは自分の読者に届きにくかったりもするんだ。ちなみに桜子さん、SNSは？」

「個人のアカウントは持ってますけど、つぶやいてないです」

話を聞きながら、高屋は、意外だな、と腕を組む。

てっきり桜子はSNSを駆使して、見栄えのするスイーツや本の感想などを投稿していると思っていたのだ。

「作家活動するなら、今の時代SNSは必要だと思う。筆名で始めるのを勧めるよ」

「はい」

「その際に気を付けるのは、『個人』ではなく、『企業アカウント』のような気持ちで投稿していくことかな」

「筆名は屋号ですもんね」

桜子は、ふむふむ、と頷きながらメモを取っている。

「あとはね……」

そこまで言って柿崎は少し離れたところから『魔球』という本を持ってきて、著者名を隠した状態で、桜子に背表紙を見せる。

これでは、表紙の雰囲気も分からない。

「この作品、どういう内容の話か分かる？」

「えっと、野球とかバレーボールの話でしょうか？」

「タイトルを見て、読みたいと思った？」

桜子は苦笑して、首を横に振った。

「スポーツものに興味がなくて」

「それじゃあ、著者名を見たら？」

柿崎は手で隠していた著者名を見せる。

東野圭吾、と書かれていた。

「えっ、東野先生？　知らない作品です」

桜子は思わず声を上ずらせて、本を手に取った。

「結構昔の作品なんだけど、今フェアをやってるから店頭にあったんだ。桜子さん、著者名を知った今、『読みたい』って気持ちになったよね？」

「あ、はい。まだ読んでない作品なので」

「それは、東野先生の作品ということで、『面白いに違いない』と思ったからだよね？」

　そうです、と桜子は答える。

「それは、さっきの『メフィスト賞受賞作』も同じことなんだ。その冠がつくことで、知らない作家の作品でも『きっと面白いに違いない』と思わせる。それは誰かの心に引っかかるフックみたいなもので、今も『魔球』のままだったら手に取らないのに、著者名が出たら一気に心に引っかかる。東野先生の名前自体がフックだからね。でも、世の中には『フック』がついていない作品の方が多いんだ」

　柿崎は棚から桜子の『柵』を抜き取った。

　黒っぽい表紙に錆《さ》びた鉄柵が浮かび上がっていて、中心にタイトルの『柵』、その下に『桜宮　司』と著者名が入っている。

　帯は赤で『期待の新人デビュー作！　読む手が止まらないサスペンス！』という煽《あお》り文字が大きく載っていた。

　高屋はあらためて表紙を見ながら、映画のパッケージのようだし悪くない、と思い、腕を組む。

桜子も同じ気持ちのようで、著作を前に少し満足そうな表情を見せていた。

「この作品、表紙はなかなか雰囲気があると思う。けど、『柵』というタイトルでは、どんな話か分からない」

何より、と柿崎は『柵』を棚に戻した。

「こうやって棚に入っていたらタイトルしか見えない。この状態では誰かの心に届きにくいよね」

ぐっ、と桜子は言葉を詰まらせた。

「これは本に限らないんだけど、人は、たった数秒で商品を手に取るか否を判断するそうなんだ。色々こだわりがあるのは分かるよ。だけど、手に取ってもらわなければ、裏のあらすじすら読んでもらえない」

「本末転倒って、やつですね……」

そう、と柿崎は頷く。

「僕が、今の桜子さんにおすすめしたいのは、『タイトルで中身を想像させる』こと。もっと言えば、『面白そう』だと思わせるタイトルをつける」

ごくり、と桜子の喉が鳴った。

三波が、そっかぁ、と手を叩く。

「タイトルが読者へのプレゼンってことなのね。それで、昨今のラノベのタイトルが長いわけだ」

そうかも、と柿崎は微笑む。

「とはいえ、一般レーベルだと長すぎるタイトルが敬遠されたり、タイトルを読んでもらえない懸念もあるから、そこはセンスと匙加減《さじかげん》なんだろうけどね」

高屋も話を聞きながら、納得して首を縦に振っていた。

今、手掛けている四天王のアンソロジーの役に立ちそうだ。

柿崎は、桜子を見下ろして言う。

「作家にとって、こだわりはとても大切なことだと思う。誤解しないでほしいのは、それを捨てろって言ってるんじゃないんだ。僕が言いたいのはこだわる部分の見極めが重要だと思うってこと」

その言葉を受けて、桜子は真剣な表情で頷く。

「分かります。作品づくりの時も、こだわりの取捨選択をしてきたので……」

そうなのだ。桜子は、自分がこだわりぬいていた文章を改め、エンタメ小説として『物語を楽しんでもらう』方を選択した。

桜子は棚の中にすっぽりとおさまった『柵』に目を向けた。

「思えば私、こだわることにこだわってた気もします」

申し訳ないことをしたな……と、桜子は自著に目を向ける。

それは、作品や関係者に対してはもちろん、がんばって書いた自分自身にも言えるだろう。

本を手に取ってもらえるか否かは、些細なことで決まるもの。

「桜子さん、この作品に対して申し訳なく思うなら、これからもがんばってください」

柿崎の言葉に、えっ、と桜子は顔を上げた。

「あなたが、人気作家になれば、必ずこの本は注目されます」

その瞬間、桜子の瞳に光が宿った。

絶望の中にいた彼女だが、希望の道筋が見えたのだろう。

柿崎は腕時計を確認し、申し訳なさそうに言う。

「それじゃあ、僕はそろそろ。せっかくだから棚を見て、自分の心に引っかかった作品をチェックしてみるといいと思うよ」

少しは参考になったならいいんだけど、とはにかむ柿崎に、桜子は両拳を握り、

「とても勉強になりました。ありがとうございました」

そう言って、深く頭を下げた。

6

再び、高屋、三波と共に大阪支社に戻った桜子は、先ほどとは打って変わって晴れ晴れとした表情を見せていた。

「本当にありがとうございました」

そんな桜子を前にマル長は、心の底からホッとした様子で胸に手を当てる。

「わ、桜子ちゃん、ほんま良かった。女の子に泣かれてしもたら、どないしようって、オロオロしてまうわ」

「マル長、すぐつられ泣きしますもんねぇ」

と、三波がからかうように言う。

「ほんまやねん。って、三波ちゃん、マル長言うたらあかん」

「ホルモンみたいですもんね」

「せやねん」

高屋としては耳にタコどころではないやりとりだったが、桜子は愉しそうに笑っている。

そのまま、桜子は手にしていた紙袋の中から箱を出した。

「あの、梅田で人気だという『フルーツ大福』なんですけど、もし良かったらお好きなものを……」

どうぞ、と桜子は箱を皆に向かって差し出す。

中には『苺大福』『みかん大福』『マスカット大福』とさまざまな種類の大福が入っていた。桜子がフルーツ大福を買っていたのは見ていたが、てっきり自宅への土産だけだと思っていた高屋は少し驚いていた。

普段、傍若無人な姿しか見ていなかったので意外に感じたが、実のところ、桜子はこういう気遣いができる子なのだろう。

「俺はこういうのん、冒険でけへんのや。苺大福で。おおきに」

と、マル長は苺大福を手に取る。真矢は迷いながら、選んだ。

『『みかん大福』をいただくわ。爽やかで美味しそう、ありがとう、桜子ちゃん」

「わー、ありがとう。私は『マスカット大福』で。食べたことないんですよね」

三波は躊躇《ためら》いもせずに決めていた。

高屋はというと、マル長と同じ理由で苺大福を手に取り、ありがとう、と会釈する。

　せっかくだからとお茶を淹れて、デスクでフルーツ大福を食べることになった。

　真矢は手で口許《くちもと》を隠しながら、桜子を見る。

「現場はどうだった？　何かの気付きになったなら良いんだけど」

「とても勉強になりました。自分の家が書店なので、他のところへは、あまり行ってなかったんですけど、これからは足を運ぼうと思いました」

　でっ、と三波が前のめりになって訊ねる。

「桜子ちゃんはこれからどうするの？」

　えっと、と桜子は言いにくそうに目を伏せた。

「まだ、はっきり心に決めたわけではないんですが、これからもサイトで新作を書きながら、今度は文学賞に応募して、セカンドデビューを目指そうと思っています」

　真矢は、そう、と微笑む。

「今は、新人限定じゃない文学賞もたくさんあるしね」

「はい。今度はがんばって、『売れる作品』をつくりたいと思います」

　桜子が強い口調でそう言うと、

「それもちょっと違うかも……」

朽木がひょっこり顔を出して、口を挟んだ。

「朽木君……」

真矢と三波が戸惑いの表情を浮かべ、桜子も困惑したように朽木を見る。

「あの、『ちょっと違う』って、何が、でしょうか？」

桜子が躊躇いがちに訊ねると、朽木は気だるそうに頭を掻いた。

話すのが面倒くさそうに見えるが、そうではない。彼は常にこういう様子なのだ。

「『売れる作品をつくる』って思いながら作品づくりをすると、意外と売れないことの方が多いんだよね」

えっ、と皆は目を瞬かせた。

「どういうことですか？」

「私も聞きたい、どういうこと？」

桜子と三波が食い気味で訊ねる。

「『売れる商品をつくろう』って場合、結局、売り手の思い込みの押し付けで終わってしまうってことが多いっていうかさ、『これなら大ヒット間違いなし、どうだ！』って自信満々に出しても、誰も見向きもしないなんてよくある話だよね。桜子さんだって、『これは売れる』って気持ちで本を出したんだよね？」

はい、と桜子は肩をすくめる。

「それじゃあさ、逆に訊くけど、もしなんの前情報もない状態で、『柵』が書店に並んでいた場合、桜子さんは手に取る？」

朽木にそう問われて、桜子は大きく目を見開いた。

それはもちろんっ……と、言いかけて押し黙る。しばし考え込み、口を開いた。

「手に……取らない可能性の方が高いです」

でしょ、と朽木は腕を組んだ。

「つくるなら、『売れるもの』じゃなく、『自分なら絶対買ってしまうもの』をつくる。これって、似て非なるものなんだ」

ハッ、とした。それは桜子だけではない。高屋も三波も、真矢やマル長さえも、そうかもしれない、という表情を見せている。

我々は常に、『売れるもの』を意識してつくっている。だが、思えば、『自分なら絶対買ってしまうもの』を意識してつくったことはなかった。

「でも、それも思い込みの押し付けにならない？」

そう訊ねた三波に、朽木は、なることもあるね、と素直に頷く。

「だけど、『自分なら絶対に買ってしまうもの』って、やっぱり誰かの心にも刺さるんだよね。大事なのはそこの層にしっかりプロモーションすること。それができれば、それなりのことにはなると思うんだ」

桜子は話を聞きながら、そっか、と胸の前で手を組んだ。

「『売れる作品』じゃなくて、『自分なら絶対買う』作品をつくる。『柵』は私の好みの内容だったから、やっぱりタイトルを含めたパッケージをもっと工夫したら良かったんだ」

柿崎に聞いてある程度分かっていたことが、さらに腑に落ちた様子だった。

そう、と朽木が頷く。

「売れる売れないって、紙一重だったりするしね。結局博打《ばくち》なんだけど、でも『売れるものを』って血眼になるより、『自分が絶対買ってしまうもの』をつくってる方が、仕事としては楽しいと思うよ」

そうかもしれない。

皆が同じ気持ちで微笑み合うなか、桜子は、はいっ、と元気に答えていた。

真矢はいたずらっぽく笑って、朽木の背中を軽く叩く。

「なんだか、今の朽木君、カッコよかった。私もアドバイスもらいたいわ」

やめてくださいよ、と朽木は肩をすくめる。

「俺が真矢さんにアドバイスなんて、畏れ多すぎます」

あら、と真矢は目を瞬かせる。

「何を言うのよ。そもそも、朽木君と私たちでは、立ち位置が違うじゃない？　今の桜子ちゃんへのアドバイスだったけど、私たち編集者に何かアドバイスがあれば、教えてほしいな」

あらためて問われて、朽木は弱ったように頭を掻く。

「これは真矢さんに対してというわけではなく、編集者はデータばかり見ていないで、もっと現場を見てもらいたいとは思ってます。仕事帰りにいろんな書店に足を運んで、陳列を見たり、客層を確認したり、書店員の話を聞いたり。あと、俺たち出版側も一度クリエイターを体験してみるのもアリだと思ってます」

真矢、三波、高屋は、ふむふむ、と相槌をうつ。

ちなみにさ、と朽木は確かめるように、桜子を見た。

「君が『船岡山アストロロジー』の先生だった人だよね？」

それまで微笑んでいた桜子の顔が、強張《こわば》った。

「えっ、どうしてそれを……」

「声と話し方が同じだから」

「よ、よく覚えていましたね？」

桜子は、さすがに動揺した様子だ。

「ちょっと低くて、年齢がいってそうな感じがするけど、どこか若々しいっていう、ちぐはぐな声だったから」

桜子は複雑そうに眉根を寄せる。

「それに、俺にとっては恩人だし、忘れないよ」

その言葉には、桜子も嬉しそうな顔をした。

あのさ、と朽木は続ける。

「単純な疑問なんだけど、星読みの力で、売れる作品とかつくれたりしないの？」

高屋、真矢、三波、マル長は、そういえば、と桜子を見る。

桜子は、ううっ、と難しそうに眉間に皺を寄せる。

「星の流れから、『今の時代はこんなのが流行《はや》りそう』というのを読み解くことはできますけど、それが個人レベルで『売れる作品をつくる』となると、やっぱりそう簡単ではないかなって……。もちろん、私なんかよりもっとすごい星読みさんなら、そういうこともできるのかもしれません。今の私にできるのは、星座別に『あなたにはこういうジャンルがおすすめですよ』って提案することくらいで」

「えっ、それはどういう感じで？」

三波は勢いよく身を乗り出す。

「たとえば、牡羊座なら『アクション、SF、ファンタジー、コメディ』、牡牛座《おうしざ》なら『恋愛、芸術、グルメ、シュールレアリスム』、双子座《ふたござ》なら『ミステリー、サスペンス、都会的、流行のジャンル』……みたいな感じで」

「それは、太陽星座でいいのよね」

「あ、はい。でも、『創作』のことなので、心を暗示する月星座でもいいと思います」

太陽星座でも月星座でもいいんだ、と三波は独り言のようにつぶやく。

「星座別に創作ジャンルの提案って面白いかも。ちなみに桜子ちゃんは何座？」

「私は太陽星座・牡羊座ですけど、私の場合、創作は心……月星座を使っている感じがするので、月星座の水瓶座で視ようと思います。水瓶座は、『ミステリー、サスペンス、群像劇、SF、宇宙』なんですよね」

へええ、と三波は一生懸命メモしながら、訊ねる。

「その、太陽星座で視るか、月星座で視るかの違いって何か決め手はある？」

「自分がピンと来た方でいいと思います」

「そっかぁ。私、まだ、太陽星座、月星座の違いが自分の中で落とし込めていないのよね。太陽星座が表看板で、月星座が素の自分で内面でしょう？　その二つがまるで違ったりしたら、混乱しないのかなぁって」

独り言のように言う三波に、桜子は小さく笑って箱の中からフルーツ大福を一つ、手に取った。

「太陽星座と月星座って、このフルーツ大福のようなものなんです。表看板が大福で、中がフルーツ。表と中身がまるで違っていても、ひとつの大福だし、中心のフルーツの美味しさで、全体の味が決まるっていうか」

その説明を聞き、三波は頭を押さえる。

「ええー、その譬《たと》え、さらによく分からない」

「三波ちゃん、『月が充実してなきゃ、太陽は輝かない』ってことよ」

と、真矢がしたり顔で親指を立てた。

「それは前も聞きましたけど」

と、三波は腑に落ちてはいない様子で口を尖らせ、それはそうと、と顔を上げた。

「桜子ちゃんの星座と創作ジャンルの話、夏の特集に良くないですか？」

うん？　と高屋は眉間に皺を寄せる。

「夏ですか？　秋じゃなくて？」

「そうねぇ、創作といえば秋のイメージよね」

真矢も同意する。

三波は、チッチッチ、と人差し指を振った。

「分かってませんねぇ。私たちの相手は中高生ですよ。もし、私が中高生だったら、秋よりも、夏休みに向けて特集してもらいたいと思いますもん。創作の秋っていうのは、社会に出てからの話ですよ。学生にとっては夏休みこそかと」

たしかに、と高屋は納得する。

これは先ほどの朽木の話につながるのかもしれない。

作り手としては安易に『創作＝秋』と考えてしまうが、自分がもし、中高生だったなら学校が始まった秋よりも夏休みに打ち込みたいと思うだろう。

真矢も同じように思ったようで、いいわね、と首を縦に振っている。

「桜子ちゃん、夏の特集、また監修お願いしてもいい？」

桜子は一瞬、戸惑った様子を見せたが、すぐに笑顔を見せた。

「はい、喜んで！　私にとっても創作の夏、再びです」

明るくなった桜子の顔を見ながら、高屋は良かった、と口角を上げる。

そしてあらためて朽木の言葉を反芻《はんすう》した。

『売れるもの』ではなく、『自分なら絶対買ってしまうもの』。

高屋は一気に仕事が楽しくなった気がして、ほくほくした気持ちで頬を緩ませる。

だが、次の瞬間、あれ、と眉根を寄せた。

かつて自分は、太宰治《だざいおさむ》全集に飛びついたが、クラスメイトは興味なさそうだった。

もしかしたら、自分は少しだけイレギュラーなのではないか。そんな自分が『絶対に買ってしまうもの』をつくっても、誰も目に留めてくれないかもしれない……。

「やはり、創作は難しいな……」

高屋はぽつりと零して、苺大福を口に運ぶ。

期待を裏切らない美味しさが、口の中いっぱいに広がっていた。

桜子的・星座で知る自分に添う創作ジャンル！

※太陽星座・月星座、どちらでも可（しっくりくる方でも、組み合わせても良い）

牡羊座	アクション、SF、ファンタジー、コメディ
牡牛座	恋愛、芸術、音楽、グルメ、シュールレアリスム
双子座	ミステリー、サスペンス、都会的、流行のジャンル
蟹　座	恋愛、学園、家族、人情、動物、ファンタジー
獅子座	王国（王宮）、英雄、アイドル、バトル、政治、スポーツ
乙女座	恋愛、シニカル、医療、研究、仕事、田舎舞台
天秤座	歴史、政治、法廷、時事、ヒューマニズム、恋愛
蠍　座	ミステリー、オカルト、戦争、ゴシップ、生死、占い
射手座	海外、哲学、宗教、旅、宇宙、スピリチュアル
山羊座	伝統、歴史、政治、仕事、ドキュメント、ノンフィクション
水瓶座	ミステリー、サスペンス、群像劇、SF、宇宙
魚　座	恋愛、ファンタジー、おとぎ話、動物、人情

第四章　さくら苺飴《あめ》と土星の扉

1

「そんなん、もう普通に祝《いお》うたらええのんとちゃうの？」

「あかんあかん、せっかくやったら、サプライズにしたいやん」

「うん、俺もサプライズに一票！」

船岡山珈琲店の一角で、京子、マスター、柊が頭を突き合わせ、お菓子を頰ばりながら、そんな相談をしている。食べているのは京都北山の洋菓子店『マールブランシュ』の『茶の果』。宇治茶を使用したラングドシャの中にミルク感の強いホワイトチョコが挟んである京都の代表的なお菓子の一つだ。

三人はくつろいだ様子であり、いつもは紳士然とした敬語で話すマスターも、今は地の言葉に戻っている。

他に客の姿も、桜子の姿もない。

桜子は、書店の店番を任されている。

高屋は店の隅でコーヒーを飲みながら、なんとなく彼らの様子を観察していた。

「今の時代、サプライズも賛否両論て話やで」

「そうなん？」

「いやいや、たしかにね、告白やプロポーズでフラッシュモブとかされると、断れないから大変だけど、誕生日ならアリでしょう」

「そやけど、ちゃんと伝えておかな、誕生日やし、友達とどこか出かけてしまうかもしれへんやろ」

「そやなぁ、桜子も女子高生やし、友達と祝いたいかもしれへん」

「サクちんにそこまで仲良しの友達はいないよ。当たり障りない付き合いしかしてない子だからさぁ」

「男の子と出かけたいかもしれへんよ」

「それはダメ！　可愛いサクちんに彼氏とか、俺は絶対嫌！」

「絶対嫌、言うても、あんたには関係あらへんやろ」

「あるよ、俺は兄貴みたいなものなんだから！」

「ほんまの兄かて、関係あらへんやろ」

「えええ、そんな。京子さん、世知辛い」

「そやで、京子さんはいつでもピリ辛なんやで。それより、パーティの相談や」

「そうだった」

どうやら、桜子の誕生日を計画しているようだ。

彼女はその名の通り、春に生まれたということか。

たしかにサプライズは昨今、賛否両論あるらしい。高屋は、サプライズというものにまったく縁のない人生を送ってきているため、よく分からないのだが、祖父母が孫の誕生日を祝うのは、許容範囲ではないだろうか……。

高屋は話を横聞きしながら、うんうん、と納得する。

「それに、準備もあるやろし、サプライズ言うてもバレるやろ」

「そやったら、その日、書店でバイトしてもろたらええやん」

「あー、でも、誕生日まで働かせるのは可哀相《かわいそう》じゃない？　時間まで誰かがサクちんをどこかに連れ出してくれればいいんだよね」

「誰かって、誰やねん」

「もしかしたら、適役はすぐ側に」

「うん、その日は土曜だし、きっと、彼ならやってくれる……」

視線を感じて、顔を向けると、京子、マスター、柊が期待に満ちた目で高屋を見ていた。

「僕、ですか？」

高屋は、そっと自分を指差す。

彼らは揃って、よろしくお願いします、と頭を下げた。

「…………」

そうして高屋は、桜子の誕生日、準備が整うまで彼女を連れ出すというミッションを課せられたのだ。

それが、前日の話だ。

その後、高屋は一日中悩んでいた。

自身のデスクで、どうしたものか、と考える。

桜子を自然に連れ出すなんて、自分にできるのだろうか？

はぁ、と息を吐き出すと、向かい側に座る三波が顔を上げた。

「高屋君、まだ迷ってるの？」

三波に桜子のサプライズパーティのことは伝えていない。それなのに、どうして、と高屋は戸惑いながら、三波を見る。

「迷ってる話、三波さんにしましたか？」

「したわよ。四天王の表紙とタイトル、どうしようと思ってるって」

ああ、と高屋は力が抜ける気持ちで相槌をうつ。

「迷っていますが、固まってはきています。表紙は、星空の写真にしようかと思ってまして、タイトルはまだ時間があるので、じっくり考えたいと思ってます」

「写真の表紙……」

ええ、と高屋は夜空や宇宙の写真集を出して、三波に見せる。

「こんな感じで」

「ああ、綺麗ね」

そう言いながらも、三波が特別良いと思っていないのが伝わってくる。

「良くなかったでしょうか？」

ううん、と三波は首を横に振った。

「悪くないと思う。高屋君が信じるものをつくったらいいと思うよ。なんていっても、高屋君にとっても初めての書籍だものね」

三波は、うんうん、と頷いて、話を続けた。

「そうそう、じゃあ、何を迷ってるの？　『ルナノート』の次の特集？」

「いえ、実は……」

船岡山メンバーから課せられたミッションを伝えると、三波は小さく笑った。

「そんなの簡単じゃない、映画に誘うとか」

「僕が桜子君を映画に誘うって、不自然すぎですよ」

「あ、そうか。それじゃあさ、これに行ってみるとかは？　ちょうど高屋君に渡そうと思ってたの」

三波はファイルから一枚のチラシを取り出し、高屋に手渡した。

チラシには、『一期一絵　―五十人のイラストレーター展―』と書かれている。

「今、『マンミュ』で、イラストレーターの作品展をやってるのよ。高屋君はアンソロジーの表紙の絵師さんに出会うキッカケになるかもしれないし、桜子ちゃんも創作力を膨らませる機会になるかもでしょう？」

「マンミュ……？」

「『京都国際マンガミュージアム』のこと。通称『マンミュ』なんだけど、この呼び名はあんまり浸透してないかもね」

チラシを確認すると、『京都国際マンガミュージアム』と書かれている。

「これは、京都御苑《きょうとぎょえん》の南辺りにある？」

高屋の問いに、三波は、そうそう、と答える。

「日本最大のマンガの博物館ね」

高屋も存在は知っていて、建物を見かけたこともあった。

ここは三波が言う通りマンガの博物館で、マンガ好きには有名な場所だが、高屋は最近までマンガに興味がなかったため、行ったことがなかった。

「ここなら、誘っても不自然じゃないと思うよ」

「……そうでしょうか」

高屋は一抹の不安を感じながら、チラシをクリアファイルに挟んで、鞄《かばん》に入れた。


その日の仕事帰り、揺れるバスの中で、うーん、と唸る。

なんと切り出すのが自然だろう？

バスはすぐに大徳寺前《だいとくじまえ》に着き、ぼんやりしていた高屋は慌てて降りた。

徒歩五分ほどで、船岡山珈琲店・書店に辿り着く。

高屋はこの建物二階の『玄武寮』に下宿をしていた。

仕事帰りはいつもそのまま珈琲店に入るのだが、今日は桜子に用があるため、書店に入った。

京子はレジの前に、桜子は店の奥で棚の整理中だった。

高屋は二人に会釈をしてから、とりあえず、文庫のコーナーへ向かう。

店内には、もうすぐ閉店を知らせる『蛍の光』が流れていた。

船岡山書店の閉店時間は、夜七時。

今はその十分前だった。

『蛍の光』の効果はあるようで、店内にいる客たちは慌てたように帰り支度を始めている。一方の高屋には、焦る気持ちはない。約一年間、同じ屋根の下で生活してきたのだ。今や身内感覚だった。

さて、せっかくだから、タイトルの勉強をさせてもらおう。

と、高屋は棚の中にずらりと並ぶ本の背表紙に顔を近付けた。

この書店の棚差しの本は、作家別に分けられている。

高屋は、アガサ・クリスティの著作『オリエント急行の殺人』、『そして誰もいなくなった』等々を眺めた。

馴染みのあるタイトルだが、あらためて見ると、世に広く知られている作品はすべて『タイトルだけで面白そうだと思わせる』ことに気が付いた。

「お帰り、高屋。そんな険しい顔で、鼻息がかかりそうなほど本に顔を近付けて一体どうしたの？」

しゃがみこんで作業をしていた桜子が立ち上がって訊ねる。

先日、ドン底まで落ち込んでいた彼女だが、今はすっかり元に戻っていた。

高屋は本から顔を離して、眼鏡の位置を正した。

「この邦題をつけた人はセンスがあると思ってね」

「え、今さら？」

と、桜子は目を瞬かせるも、まぁ、と背表紙に目を向ける。

「でも、そうだね。タイトルで内容を想像させることができるもんね」

「……君の新作のタイトルも良かったと思うよ」

そう言うと、ほんと？　と桜子は目を輝かせる。

復活した桜子は、『ルナノート』の小説投稿コーナーで新作を公開し、連載をスタートさせていた。

タイトルは、『誰が僕を殺したか』。

主人公は何者かに殺された男子高校生の幽霊であり、自分が死んだ日の記憶がない。誰も自分の姿が見えない中、唯一気付いてくれたのは、クラスメイトのいけ好かなかった秀才男子学生。主人公は、その秀才男子学生と、誰が自分を殺したのか調査に乗り出すというものだ。

エンタメ作品として読者を楽しませようと、読み手をしっかり意識した作品で、『柵』の出来事を経て、一皮むけたことを感じさせた。

「うん。新作のタイトルは、アドバイスをしっかり取り入れたんだなと思ったよ」

桜子は、営業部の柿崎と朽木から、アドバイスを受けた。

ありがと、と桜子はほんのり頬を赤らめた。

「とはいえ、本当は『誰が私を殺したか』ってタイトルにしたかったんだよね」

だけど、と桜子は腕を組む。

「どこかで聞いたことがある気がして、検索したら、同じタイトルの映画があったから、『私』を『僕』に変えたの」

話を聞き、高屋は納得する。

思えば、観たことがある映画だ。

「だが、基本的にタイトルには、著作権がない場合が多いし、そのままでも問題なかったのでは？」

「それは私も調べて分かった。でも、なんとなく変えた方がいい気がして。で、当初は、主人公は女の子って考えていたんだけど、タイトルに合わせて男の子に変更したの。そしたらこれがなかなかいい感じになったから、結果オーライかな」

へぇ、と高屋は感心の息をつく。

「……桜子君の柔軟さが羨ましいよ」

ぽつりと零すと、桜子は小さく笑った。

「高屋、頭固そうだもんね」

否定できず、高屋は苦笑する。

「そういえば、四天王のアンソロジー、どうなったの？」

「原稿は揃ったよ。ファンタジー作家さんが最後に書き直しもしてくれて」

四天王が渾身《こんしん》の力を込めて、良い作品を書き下ろしてくれた。

春の恋愛小説は、恋を司《つかさど》る金星の話題を入れながら、切なくも温かい気持ちになるものであり、夏のホラーは生と死を司る冥王星の話を絡めながら、じわりとくる恐怖と、空恐ろしい余韻を残すものになっていて、秋のミステリーは、情報を司る水星を取り入れながら、短い中にも叙述が効いている。

最後に冬のファンタジーは、担当する作家がこんな提案をしてきた。

『自分は、これまでの春、夏、秋の物語のアンサーのような話をつくりたいと思うんですが、良いでしょうか？』と――。

その提案に他の三人は快く了承し、ファンタジー作家は、夢を司る海王星をから め、他の三篇《ぺん》とつながる不思議な話を書いた。

輪廻《りんね》を繰り返した者が、月夜に過去を振り返る物語だ。

四人はそれぞれ素晴らしい仕事をしてくれて、アンソロジーは綺麗に纏まった。

「書き直しって？」

詳しく言ってしまえばネタバレになるため、いや、まぁ、と高屋はお茶を濁した。

「とりあえず、良い一冊になったと思う」

「おっ、それは良かったじゃん。私も楽しみ」

本当に良い作品になった。

だからこそ、それに応えたパッケージにしたい。

まずは、良いタイトルをつけたいと思うのだが――、

『星と四季の物語』『めぐる月と至極の四篇』といった感じで悪くはないけれど、インパクトに欠けるタイトルしか思いつかない。

「表紙とタイトルで迷っているんだ。それで、このイラスト展に行こうと思っているんだけど、桜子君も良かったら。ちょうどチケット二枚もらっていて、君の勉強になるかもしれないし」

チケットを二枚もらっているというのは、嘘だった。この誘いが成功したら、購入する予定だ。さりげなく言えてるだろうか？

高屋は自問しながら、鞄の中からチラシを出して、桜子に見せた。

桜子はチラシを手に、わぁ、と目を輝かせた。

「マンミュでイラスト展があるんだ！　行きたい、行きたい！」

桜子は、二つに結った髪を揺らして喜んでいる。

そこですかさず、レジにいる京子が口を開いた。

「それやったら、五日はどうやろ？　智花さんがパートに入ってくれるし、あんたも休んでええで」

「え、本当？　それじゃあ、そうさせてもらおうかな。ありがとう、お祖母《ばあ》ちゃん」

と、桜子は嬉しそうに頬を赤らめた。

京子は、ぐっ、と親指を立てる。

それは桜子に向けているようだが、実は高屋に向けたもの。高屋も桜子の背後で、こっそり親指を立てて返した。

なんという見事な連係プレーだ。

高屋と京子は、共に誇らしげに微笑み合う。

「そうだ、高屋の用事を聞かなきゃね。五日、大丈夫？」

「問題ない」

「嬉しいなぁ。マンミュ、大好きなんだけど、入場料がかかるから頻繁には行けないんだよねぇ」

学生の立場ではそうだろうな、と高屋は相槌をうつ。

「そうそう、高屋は今日も珈琲店で夕食を摂るの？」

「そのつもりだけど」

「私も後から行くわ。その時にちょっと相談があって……いいかな？」

また創作のことだろうか？

「もちろん、構わない。その前にこれを買っていこうと思って」

と、高屋は新刊の文庫本を手にし、桜子に見せた。

「それはそれは、いつも当店でのお買い上げ、ありがとうございます」

大袈裟に頭を下げる桜子を前に、高屋は肩をすくめて、銭湯の番台のようなレジへと進む。『蛍の光』の曲が流れ出した効果か、まだ閉店時間になっていないが、もう客の姿は引けていた。

高屋がレジに本と千円札を置くと、京子がにこりと微笑んだ。

「おおきに、高屋君。グッジョブやな」

「こちらこそです。絶妙なタイミングでしたね」

「そやろ?」

京子はニッと笑って、慣れた手つきで文庫本にカバーをかけ、お釣りを出す。

どうも、と高屋はお辞儀をして、そのまま隣の珈琲店へと向かった。

2

高屋が船岡山珈琲店の店内に足を踏み入れると、「いらっしゃいませ」と声が響く。

マスターはカウンターの中でコップを磨いていて、柊は水が入ったピッチャーを手に、ホール内を歩いているところだった。

高屋は店内を見回して、ホッと息をつく。ここに来ると、安心するのだ。

壁に貼られたグリーンにオレンジといった鮮やかな和製マジョリカ(錫釉《すずゆう》色絵陶

器）タイル。テーブルと椅子は木製で、ところどころにソファー席があり、片隅には焦げ茶色のアップライトピアノが置いてある。

相変わらず、ノスタルジックで情緒のある店内だ。

客はカップル客の一組だけ。彼らはもう帰り支度をしていた。

「高屋君、空《す》いてるし、好きなところ座っていいよ」

柊の言葉に、それじゃあ、と高屋はソファー席に腰を下ろした。

「どう？　サクちんを連れ出せそう？」

心配そうに訊ねる柊に、高屋は親指を立てる。

良かったぁ、と柊は目尻を下げた。

「それじゃあ、今日はお礼に奢《おご》っちゃう」

「いや、そんなことは……」

「ううん、気にしないで。ちなみに本日のオススメは、ロールキャベツかな。いつもはこの時間まで残ってないんだけど、今日は一食分だけ残ってて」

と、柊は、高屋の前に水を置きながら言う。

「それじゃあ、それで」

「あれ、そんなに簡単に決めちゃっていいの？」

「ここのロールキャベツ、食べたことがなかったから」

「そうだったっけ」

メニューにあるのは知っていたが、いつも食べているセットが美味しいので、冒険する気持ちになれなかったのだ。

「それじゃあ、パンかライス選べるけど。パンはクロワッサンで、クリームチーズが挟んであるよ」

「それじゃあパンで」

「了解。うちの『びっくりロールキャベツ』はなかなか好評だから楽しみにしてて」

「びっくりって？」

「食べてのお楽しみってことで」

柊はにこりと笑って、カウンターの中にいるマスターの許へ向かう。

高屋は、鞄の中からノートとペンを取り出した。

開いたページには『星と四季の物語』『めぐる月と至極の四篇』と、作品のタイトル案が走り書きされている。

「もっと、『フック』のあるタイトル……」

高屋は額に手を当てて、思いつく単語をノートに書いていく。

そうしていると、柊がトレイを手にやってきた。

「お待たせ、高屋君。ロールキャベツのセットです」

お好みで黒コショウをどうぞ、とテーブル上に粗挽《あらび》き器《き》を置く。

白い皿にロールキャベツが二つと、その傍らにニンジンやブロッコリーといった温野菜が添えられている。トマトとコンソメの香りが食欲をそそった。

おしぼりでしっかりと手を拭い、ロールキャベツに黒コショウをかける。

ナイフとフォークを手に取り、ロールキャベツを半分に切って、少し驚いた。

トロトロの半熟卵が入っていたのだ。

「なるほど、これが『びっくり』か」

高屋は小さく笑って、ロールキャベツを口に運ぶ。

甘いキャベツ、ジューシーな肉、卵の濃厚さが互いを引き立て合っている。また、黒コショウのスパイスが絶妙なアクセントになっていて、高屋は「美味《うま》っ」と洩らして、口に手を当てた。

「うちのロールキャベツはどう？」

柊が得意げに問いかける。美味しいよ、と高屋は答えた。

「中を開けてみるまで分からないけど、食べたら驚いて、そして美味しかったというこの感じ、読書とよく似ている」

「うーん、読書と……似てるかなぁ？」

この譬えは、柊に響かなかったようだ。

「ああ、読書も食事と同じで、冒険だから」

我ながら良い譬えだと思ったのだが、これも柊には響かなかったようだ。

やはり自分の感性は一般的ではないのかもしれない、と高屋は苦笑する。

ごゆっくり、と柊は手を振って、高屋に背を向けた。かと思うと、足を止めて振り返る。

「あっ、食事が冒険っていうのは、俺にも分かるよ」

柊はそう付け加えて、再び高屋に背を向ける。根元まで綺麗に染まった金髪がさらさらと揺れていた。

「食事が冒険は、共感してもらえるのか……」

読書も冒険だ。ページを読み進めるまで、どんな話か分からない。読んで、好みに合わなかったものもある。

だが、それはそれでいい。読書とは、そういうものだ。

だからこそ、何気なく手に取った本が自分の心に響く作品だった時の喜びは、形容しがたい。

なぜ、今、世の中にいる多くの人が、もっと本を手に取らないのか……どんなタイトルでどんな装丁でも、とりあえず読んでみればいいのに。

このロールキャベツのように、食べたら美味しいかもしれないのだから……。

ふと、そう言う自分はこれまで、この店のロールキャベツを食べたことがなかったのを思い返して、手を止めた。

なぜ、これまで食べなかったのか。

それは、美味しいかどうかの確証がなかったからだ。それでは、なぜ、今は食べられたのか。それは、柊が勧めたからだ。彼の言葉が信じられるからだ。

読書も食事も冒険などと言いながら、本の冒険はできるのに、食事の冒険には慎重になっていた。

そうか、と高屋はぽつりと零す。

「自分が食事の冒険ができないように、本の冒険ができない人もたくさんいるということなんだ」

これまで漠然と疑問に思っていたことが、するりと腑に落ちた。

反省だな。これからは、本だけではなく食事や他のことももっと冒険しよう。

そんな気持ちでロールキャベツを食べていると、書店での仕事を終えた桜子が、珈琲店に姿を現した。

カウンターのマスターに向かって、何かを伝えている。

ややあって桜子はマスターから、ハムと卵のサンドを受け取り、コーヒーと一緒に自分でトレイに載せて、高屋の向かい側に腰を下ろした。

「あらためて、お疲れ、高屋」

桜子は手を拭って、いただきます、とサンドイッチを前に合掌し、ぱくりと食べ始める。

「桜子君も。ちなみに相談って？」

そう問うと桜子は、目だけで周囲を確認し、ぼそっ、と口を開いた。

「──あのね、高屋。ここだけの話だよ。私、恋に落ちたかもしんない」

「恋……」

無縁すぎるワードに高屋の思考は停止し、頭の中に宇宙の映像が流れた。

白い皿の上のクロワッサンが、三日月に見えてきたほどだ。

しーっ、と桜子は人差し指を立てた。

「復唱しないでよ。お兄に聞かれたら、絶対大騒ぎするから、知られたくないの」

先日、『サクちんに彼氏とか、俺は絶対嫌』と騒いでいた柊の姿が過《よぎ》る。

桜子は、柊のことをよく分かっているようだ。

「一体なぜ、僕にそんなことを？」

これまでの人生、恋愛相談はおろか、恋にまつわる雑談、いわゆる『恋バナ』に加わったこともなかった。

この『恋バナ』というワードも、もちろん見聞きしたことはあったが、『ルナノート』に携わったことでようやく馴染んだくらいだ。

桜子にとって自分は、もっとも『恋バナ』から遠い存在のはず。

「高屋の知ってる人だからよ」

「僕の？」

「ほら、その、営業部の……」

桜子はもじもじしながら言う。

すぐに高屋の脳裏に、スマートで笑顔が眩しい柿崎の姿が浮かんだ。

「ああ、彼か……」

そういえば、桜子は彼を見て、カッコイイ、と洩らしていた。

柿崎は高屋の目から見ても、魅力的な青年だ。

「あのさ、彼女とかいるのかな?」

そう問われて高屋は、首を捻る。

「そういう話は聞いたことがないけれど……彼はちゃんとした大人だから、犯罪には手を染めないと思うな」

「はい?」

「だから諦めた方がいい」

「犯罪ってなにそれ、何が言いたいの?」

「社会人が子どもと交際するのは、犯罪だ」

「ちょっと、私、もうすぐ十八歳になるんだけど?」

知ってる、と思わず返しそうになり、高屋は口を噤んだ。

そうか、もうすぐ十八歳か、と高屋はあらためて桜子を見る。

いつも髪をツインテールにしているせいか、年齢よりも幼く感じていた。その反面、まだ高校生なのにしっかりしている、とも思っているのだが……。

「だとしても、君はまだ高校生だ」

「そうは言っても来年の春には、大学生だよ。それに、とりあえず、私が好きになること自体は自由でしょう?」

ぶすっとして言う桜子に、まぁ、と高屋は相槌をうつ。

「でね、ちょっと探ってきてほしいの」

「何を？」

「付き合っている人がいるかいないか。あっ、私に頼まれたっていうのは、内緒にしといてね」

「……なぜ僕がそんなことを」

「いいじゃない、私と高屋の仲じゃない」

どんな仲だ、と高屋は眉を顰《ひそ》める。

「私も高屋の相談に乗るから」

「別に大丈夫だ」

「まあまあ、そんなこと言わずに。ほら、『ルナノート』の編集者として現役女子高生の意見を聞きたい時もあるでしょう？」

その言葉に高屋は、ふむ、と顎に手を当てる。

アンソロジーの購買層は、桜子世代がメインだろう。

話を聞くのも悪くない。

「分かった。チャンスがあれば聞いてみるよ」

く。

「やった！　ありがとう、高屋」

「早速、僕からの相談なんだがいいかな」

「えっ、いきなり？　いいけど」

高屋は、表紙の候補に考えている宇宙の写真集をテーブルに出して、ページを開く。

「こういう星空や宇宙の写真、桜子君はどう思う？」

わぁ、と桜子は写真集を手にする。

「綺麗。特に土星のリングとか、すごく神秘的で素敵。厳しい星のくせにさぁ」

と、桜子はうっとりとしながら、土星の写真を見詰める。

そのつぶやきを聞いて、ふと、『土星は人生の「試練」を指すともいわれているんだ』と言った柊の言葉が、頭を過った。

「前に柊君が、土星は試練の星だと言っていたし、君も今、『厳しい星』って言っていたけど、それはどういうことなんだろう？」

『ルナノート』ではこれまで、恋や開運の特集ばかりをしていて、土星には触れてきていなかった。

桜子は写真集をテーブルの上に置いて、土星の写真を指差す。

「ほら、土星ってこの通り、星の周りにリングがあるでしょう？　こうして見ると、素敵だけど、『自分を制約する星』の暗示でもあるんだって」

ふむ、高屋は顎に手を当てる。

「だから、土星の星座や、土星がどのハウスに入っているかで自分を縛り付けるものなんかを知ることができるの。土星を試練の星って言う人も多いけど、うちのお祖父ちゃんはそうは言ってなくて、『試練』というより、『課題』だって言ってる」

「課題？」

「そう。『試練』というと、ちょっと重たい感じでしょう？　それとは少し違っていて、人生には何度か検定試験があって、次のステージに移る時に、毎度『課題』を出されるんだって。テーマは同じなんだけど、毎度ちょっと違うかたちで出題されるみたい。それを出されると、逃げちゃう人もいる。そうじゃなくて、しっかり向き合って課題をクリアすると扉が開いて、次のステージにいける。楽しく生きやすくなるんだって」

私にはまだよく分からないんだけどね、と桜子は頬杖をつく。

「ちなみに、桜子君の土星は？」

「私の土星は蟹座《かにざ》。蟹座って家庭とかも暗示しているから、こうして親と離れているのも納得でしょう？」

高屋は何も言わずに話に耳を傾ける。

「だけど私は、それを悲観せずに楽しんでるから、今幸せなんだと思う。あと、蟹座は相手を信頼する心みたいなのも暗示していて、そこに土星がある私って、こう見えて疑《うたぐ》り深《ぶか》い傾向にあるんだ。友達付き合いしていて表面上は仲良くしていても、心を許しきれなかったりとかね。壁を作っちゃうんだよね」

そういえば、柊が『サクちんにそこまで仲良しの友達はいないよ』と言っていた。

桜子はこれ以上、自分の話をしたくなかったのか、そうそう、と話を変える。

「高屋のお母さんは、土星が乙女座だったのよね」

ああ、と高屋は頷いた。

「『自分に厳しくしすぎる人』だって、柊君が言っていた」

「うん、自己否定が強い傾向にあるみたい。でも芯は強いんだよね」

へぇ、と高屋が相槌をうっていると、桜子はいたずらっぽく笑った。

「そうだ。高屋の土星を視てあげようか？　土星を知ることで、自分の課題が分かるから、知ることで楽になったりするものだよ」

「結構だよ。僕は、星占いをしてもらうつもりはない」

「おやおや、そういうところはまだ変わってないんだねぇ。相変わらず、占いは嫌いなんだ？」

「…………」

高屋は何も答えず、顔を背けた。

母が、占星術にのめりこんだため、かつては占い全般を嫌悪していた。

今は、その気持ちは薄れている。

だが、自分の出生図を視てもらう気にはなれなかった。

それはそうと、と高屋は宇宙の写真を指差して、話を戻した。

「こういう写真が、小説の表紙だったらどう思う？」

そう問うた高屋に、桜子は、うーん、と唸って、目を凝らした。

「素敵だけど……どうなんだろう？　サイエンス系の本かなって思っちゃいそうで」

なるほど、と高屋は腕を組む。

「もし写真が表紙になるなら、宇宙より青い空の方が好きかなぁ」

「空か……」

自分ならば、青い空よりも、宇宙の写真の方に惹かれる。

やはり自分は、普通の感覚からはズレているのだろうか？

「えっ、何落ち込んだ顔してるの？」

「いや、自分は普通の人の感覚と違う気がしていて、こんな自分が本づくりに携わって良いのだろうか、という気持ちになってしまってね」

と、高屋は眼鏡の位置を正す。

「そんなことないと思うし、もしそうだとしても、そこは工夫次第じゃない？」

「工夫？」

うん、と桜子は頷く。

「この前みんなの話を聞いて思ったのよ。たとえば今回の高屋の場合だったら」

そう言って桜子は、ポケットの中からメモ帳とペンを出した。

そこに大きな円をふたつ描いていく。

「こっちの円が高屋の好みだとしたら、そしてこっちの円が一般の人たちの好みね」

二つの円は一部重なっていた。

桜子はその共通部分をペンの先で塗りつぶしていく。

「高屋が本をつくるうえで大事なのは、塗りつぶしたこの部分。高屋の好みと一般の人たちの好みが重なる部分だと思うんだ。だから、高屋ががんばるべきは、その共通部分を探って知る、てことだと思うんだよね」

「……なるほど」

「えっへへー、私だって役に立ったでしょう？」

「まぁ……」

高屋がひそかに悔しさを感じていると、柊が水の入ったピッチャーを手にテーブルにやってきた。

「あれ、今度は、高屋君がサクちんに相談してるんだ？」

まぁ、と高屋は顔を上げる。

「相談というか、交換条件というか」

「交換条件？」

不思議そうにしている柊の陰で、桜子は鬼の形相を見せた。彼女がこういう表情をする時、不思議と二つに結った髪が逆立って見える。

高屋は慌てて言い換えた。

「その、アドバイスし合ってるというか」

へぇ、と柊は相槌をうちながら、高屋のコップに水を注ぐ。

その時、ちりん、とドアベルが鳴り、新たな客が店に入ってきた。

柊はくるりと振り返って、笑顔を向ける。

「いらっしゃいませ、どうぞお好きな席にお掛けください」

客は、中年の女性だった。

ぎこちなく会釈して、端の席に腰を下ろしている。

柊に向かって、何かを問いかけていた。

高屋は客から視線を離して、再び桜子と会話をしていると――、

「やっぱり、あんただったのね！」

女性の金切り声が店内に響き、高屋と桜子は体をびくんとさせて、顔を向ける。

端の席に座る中年女性が、柊に向かって怒声を投げかけていた。

あの時私が、『星の巫女《みこ》』にいくら払ったと思っているの？　よくそんなふうに楽しそうに生きていられるわね。なんなのよ、その金髪。何より、本当は男だったなんて、一体どこまで詐欺師なのよ!?　と喚《わめ》き散らし、その勢いのまま柊に向かってコップの水をかけた。

高屋が、柊をかばおうとする前に、桜子が「ちょっと」と声を上げた。だが、すぐにマスターがやってきて、「桜子、駄目ですよ」と手をかざして阻止する。

柊は、その女性を前に一切の反論をしなかった。それどころか、床に両手をついて、深々と頭を下げたのだ。

「自分はあなたに、どんなに責められても仕方ないと思っています。大変、申し訳ございませんでした」

中年女性はしばし息を荒くしていた。

水をかけた時はまだまだ言い足りないという様子だったが、土下座をしたままの柊を前に、やがて弱ったように目を泳がせる。

やがて、顔も見たくないわ、と吐き捨てて、まるで逃げるように店を出ていった。

「…………」

女性の姿がなくなった後、柊はゆっくりと立ち上がり、力ない笑みを見せた。

「サクちん、高屋君、食事中に嫌な思いさせてごめんね？」

「いや、そんなことは……」

高屋が戸惑いながら首を振っていると、桜子は柊の手を取る。

「お兄、大丈夫？」

「うん、大丈夫だよ。ありがと」

柊は桜子の頭をぽんぽんと撫《な》でて、カウンターに目を向けた。

「マスター、すみませんでした。濡《ぬ》れたので着替えてきますね」

いいえ、とマスターは、首を横に振った。

「今日はもう店仕舞いにしましょう。風邪ひくから、もう上がっていいですよ」

柊は、すみません、と会釈して、バックヤードに入っていく。

「柊君……」

高屋も桜子もかける言葉が見付からず、黙って柊の背中を見送る。

マスターが高屋の隣に立ち、小さく息をついた。

「最近、あの子が『ヒミコ』だったという話が知られてきているようで、時々、ああいう方が来られるようになったんですよ」

「えっ……」

「そうだったんだ？」

高屋と桜子は驚いて、目を大きく見開いた。

かつて巫女の姿をして星を読む『ヒミコ』という占星術師がいた。

まだ小学生だったというのと、容姿が美しかったことから、ヒミコはたちまち『美少女占星術師』と話題を呼び、人気を博した。だが、そのヒミコの正体は、少女ではなく少年――柊だった。

柊の本名は、柊《ひいらぎ》実琴《みこと》という。

ヒミコは、本名の、ミコトをもじったものだそうだ。

彼は今、過去を思い出すせいなのか、本名を封印している。

元々柊は、マスターから星を学び、占星術の世界に入っていった子どもだった。

その才能に可能性を感じた母親と恋人が、柊を占いの世界へ連れ出した。

巫女の扮装《ふんそう》等も、母と恋人のプロデュースによるものだ。

また、柊は、一度見たものは忘れないという並外れた記憶能力を持っていた。

そうした要因が重なり合い、ヒミコの人気はうなぎのぼりだった。

また柊の母親は恋人と再婚し、『星の巫女』という会を設立した。

テレビに取材され、当時、ヒミコに憧れ、星占いをする者も多かった。

高まる人気にさらに気を良くした両親は、どんどん法外な金額をふっかけるようになった。

やがて、詐欺まがいの手法を取り始めたことで、『星の巫女被害者の会』が発足。

結果、両親は逮捕され、柊は京都に住む実の父親の許へ戻ったそうだ。

だが、父親の家でも身の置き場がなく、自分に占星術を教えたマスターに一言文句を言いたいと（ただの八つ当たりなのだが）、船岡山珈琲店にやってきた。

そして、その日から、今日に至るまで船岡山珈琲店に身を寄せたままだという。

「柊は、一人一人にああして頭を下げているんですよ」

そんなっ、と桜子は顔をしかめた。

「悪いのは、お兄の両親のやり方じゃない」

「そうですよ。柊君も被害者だと思うのですが」

桜子と高屋が向きになって言うと、マスターは、そうですね、と目を伏せた。

「ですが、『被害者の会』の人たちは、そうは思っていない。いや、分かってはいても収まりがつかないのでしょう。もし、あの場で私たちが柊をかばったりしたら、火に油を注ぐことになってしまう」

「それでマスターは、あの時、僕を制した……」

冷静に考えれば、たしかにそうだ。

それでも高屋は、もやもやが募り、頭を掻く。

桜子も釈然としない表情を見せていた。

「……高屋君、あなたも被害者の一人なのですから、先ほどのご婦人の気持ちは分かるのではないですか？」

高屋は何も言えなくなる。

そうなのだ。

かつて高屋の母親も『星の巫女』の信者だった。

それが原因で、一家離散となってしまった。いや、そうではなく、元々、家庭は崩壊していたのだ。

母は、父の浮気で心を乱し、『星の巫女』に傾倒したのだから……。

自分もヒミコを憎んでいた。

だが、柊がヒミコだと知った時、拍子抜けしたような気分になったのだ。思い描いていたヒミコ像と違いすぎたのかもしれない。

それに、もし憎む気持ちがあったとしても……。

「自分なら、土下座するヒミコの姿を見たいとは思わないです」

そうでしょうね、とマスターは遠くを見るようにして言う。

「それはさっきの方も同じだったと思います。ですが、どうして良いのか分からないのでしょう。そして柊もそうです。どうして良いか分からない」

だから、柊はああして頭を下げるしかないということだ。

もし、自分が柊だったら、同じことができるだろうか？

「柊君は、強いんですね」

マスターは首を横に振る。

「そんなことはないですよ。柊も訪れたすべての方に頭を下げてきたわけではなく、逃げてしまったこともあるんですよ」

えっ、と高屋と桜子は驚いて、マスターを見る。

「あの子は記憶力が良いので、かつて対面鑑定したことがある顔を目にした時、さっ、とバックヤードへと姿を隠したこともあるんです」

「お兄だって、頭を下げられないメンタル状態の時もあるよね」

それはそうだろう。

先ほどの土下座をしていた柊の姿が蘇《よみがえ》り、高屋は苦々しい気持ちになり、拳を握り締めた。

3

マスターとの話を終えた高屋は、珈琲店を出て、建物の裏手に回った。

そこに『玄武寮』の入口がある。扉の横には郵便受けがあり、開くとハガキと封書が入っていた。差出人は見るまでもない。

ハガキは祖母からの絵手紙で、封書は母からだ。

毎月、月の初めにこうして便りが届く。

今月の祖母からの絵手紙には、桜の花が描かれていた。

祖母は近年、絵手紙を習い始め、今やなかなかの腕前だ。クローズアップされた桜の花と枝の構図に、センスが感じられる。隅に『誠、元気にしていますか。皆さんと仲良くしていますか？』という一文。

毎月、同じことが書かれていた。

思えば、このハガキだけではなく、常に祖母は同じことを聞いてきていた。『誠、クラスの人たちと仲良くしているかい？』と――。

そう問われるたびに口の奥に苦いものが込み上がった。いつもそれを呑《の》み込《こ》むようにして、『うん』と答えていた。

あの苦みは嘘をつかなくてはいけない罪悪感だったのか、それとも仲が良いクラスメイトがいない自分が惨めだったのか、今となっては分からない。

母からの封書を手に取り、その厚みに小さく息をつく。

おそらく便箋六枚は使っているだろう。

母からの月に一度の手紙には、懺悔《ざんげ》と謝罪が延々書き綴《か つづ》られている。

懺悔と謝罪は、どんなに言葉を変えようとも内容は毎月同じで、正直なところうんざりしていた。

約一年前、パート先の男性との再婚を考えていると言っていた母だったが、今も再婚には至っていない。

息子への謝罪が済んでいないと考えているのだろう。

当の息子は、再婚したいならばそうすれば良いと思っていて、そう伝えているのだが……。

ふと、先ほどの土星の話を思い出す。

自分に厳しい人、そこに試練を課せられているという話だった。

母が自分を許せるようになるには、息子がどう言おうと、母自身が、自分を許せる、何かキッカケが必要なのかもしれない。

高屋は、再び息をついて、鞄の中から鍵を取り出し、扉を開ける。

大きな靴箱と、板張り階段が目に映る。

そこで靴とスリッパを履き替えて、高屋は階段を上った。

一歩上がるたびにする、ギシギシときしむような音も、今や愛着を感じていた。

二階に辿り着くと、長い廊下に扉が三つ並んでいるのが見える。

奥がマスターたちが住む家であり、少し距離を空けて隣に柊が住む部屋、一番手前が高屋の部屋だ。

柊の部屋の扉を眺めながら、苦々しい気持ちで自分の部屋のドアノブに手をかけた。

その時、その扉が開き、柊がひょっこり顔を出した。

「高屋君、さっきはごめんね」

「あ、いや」

高屋は驚きながら、首を横に振る。

彼は今、白いTシャツ姿だ。

シャツには、『出会った人としか出会えないんだな』と、相変わらず深そうに見せかけて、実に当たり前のことが書かれている。

水をかけられたから、着替えたのだろう。

「大丈夫……か？」

高屋がぎこちなく訊ねると、柊は、大丈夫だよ、と微笑む。

「仕方がないことだと思ってるしね。それより、良かったら、一杯飲まない？」

柊はまるで、先ほどの出来事などなかったかのような笑顔で言う。

ここは自分も過剰に心配せず、何事もなかったように振る舞った方が良いだろう。

「それじゃあ……」

高屋は手にしていたハガキと封筒をスーツのポケットに入れる。

どうぞ、と柊は大きくドアを開けて、嬉しそうに手招きをした。

高屋は、どうも、と会釈をして、柊の部屋に入った。

柊の部屋も、高屋と同じ間取りだ。

靴は下で脱いでいるので必要はないが、小さな玄関があり、手前に板の間があって、その向こうに畳、突き当たりに窓がある。窓の前は広縁になっていて、椅子とテーブルがある。まさに旅館の一室のような造りだ。

だが、高屋の部屋とは、雰囲気がまるで違っていた。

柊の部屋はいつもバニラのようなほんのり甘い匂いが漂い、小さくボサノバが流れている。

畳の上にはアジアンテイストのラグマットを敷き、小さなカウチソファーを置いている。ソファーの傍らにウクレレがあり、天井からは、月や星を模《かたど》った木製のオーナメントが下がっていた。

広縁には、柊曰《いわ》く『にょきにょき育っちゃった』という背の高い観葉植物。

押し入れの扉は取っ払われており、そこには本棚が詰め込まれていた。その本棚の約三分の二は、コミックで占められている。

「手を洗うのに洗面所借りる」

そう言って洗面所に入ると、どうぞー、と柊の陽気な声が背中に届く。

この一年の間、何度も足を踏み入れた、高屋にとって今や馴染みの空間だ。

高屋がラグマットの上でぼんやりしていると、柊が缶ビールを二つとポテトチップスを手に現れた。

「あらためて、お疲れ」

と、柊は向かい側に腰を下ろして、プシュッと缶ビールの蓋を開ける。

どうも、と高屋は会釈をして、自分も缶ビールの蓋を開けた。

二人で、乾杯、と缶を掲げてビールを口に運ぶ。

キンキンに冷えたビールが疲れた体に染み込んでいき、高屋は、ふぅ、と息を吐き出した。

「高屋君も美味しそうにビールを飲むようになったよね」

高屋は少し気恥ずかしく感じて、まぁ、と曖昧に答える。

一年前は、ビールが苦手だったのだ。

今も積極的に飲むわけではないが、柊と二人になった時は、こうして一緒に缶ビールを飲んでいる。そのたびに、美味しいと感じた。

これまでの人生、正直に言って、友達らしい友達がいなかった。

子どもの頃から周囲の少年たちとは、気も合わず、ペースも合わず、趣味も合わず、また人に合わせられる器用さも持ち合わせていなかった。

だから常に本を読んでいた。

無理して合わない人間に囲まれるよりも、自分の好きなことに没頭できる方がよっぽど有意義だと思っていた。

それでも祖母に『クラスメイトと仲良くしている?』と訊かれると、苦いものが込み上がり、胸がチクチクと痛んだのだ。

そうしたこともあって、こんな自分も進学するたび、フィールドが変わるたびに、いつもほんの少し期待を抱く。

『もしかしたら、次は趣味や好みがピッタリ合う友人ができるかもしれない』

しかし、そんな期待はいつも淡雪のように消えてなくなる。

もちろん、自分と同じ読書が趣味という人に会ったことはあるが、友達になりたいとは思わなかった。

だが、耕書出版に就職して、大平《おおひら》編集長に出会ったのは自分にとって幸運だった。

彼は自分以上に読書家で、どんな本の話をしても返してくれた。自分を理解してくれて、大きな包容力で話を聞いてくれた。上司である彼に、理想の父親を重ねていたのだ。

だから、たった一年で辞令が出て、彼の部下ではなくなり、大阪支社に決まったのが、本当にショックだった。

だが、ここに来て、柊と出会った。

柊は、趣味も好みも、はたまた見た目も、自分とは百八十度違っている。

それでも、彼といると心地が良いのだ。

もしかしたら、ペースだけは合っているのかもしれない。

不思議なものだ。

自分たちは共に『星の巫女』事件の被害者だといえるだろう。彼は加害者の子で、自分は被害者の子。本当なら、決して相容《あいい》れない相手のはずなのに……。

「高屋君、それ、手紙?」

柊は、高屋のスーツのポケットから大きくはみ出している封筒に視線を送った。

高屋は我に返って、目をそらす。

「もしかして、お母さんから?」

ああ、と高屋は言いにくさを感じながら答える。

「今の君に、うちの母の話をするのは、無神経かもしれないけど」

「いやいや、大丈夫だって」

「毎月、手紙が届いてるんだ」

「そうなんだ。お母さんはなんて？」

「いつも同じ謝罪文だよ。僕がいくら、『もういい』と言っても、母は自分を許せないようでね……」

そっかぁ、と柊は頬杖をつく。

「高屋君がいくら『許す』と言っていても、実のところは許してもらえていないのを知ってるんだろうね」

ぎくり、とした。口先だけで、『もういい』『許している』と言ったところで、心の奥底では許せていなかったからだ。

「だからといって、こんな手紙をもらいたいわけではないんだ……」

柊の土下座を見たくなかったように——。

「それなら、そのことを伝えたら？　謝罪の手紙よりも普通の手紙にしてほしいって」

「えっ？」

「お母さんから手紙が来ること自体は嫌じゃないんだよね？　それなら、謝るのはやめて、近況報告を送ってほしいって伝えたら？」

他の人間だったら、突っぱねたかもしれないが、相手が柊となると、気が緩んで、つい本心が出てくる。

高屋は素直に首を縦に振り、そうしようかな、とつぶやいた。

「うんうん、それがいいよ」

高屋ははにかんで、柊を見た。

「柊君はどうなんだろう？　やっぱり母親を許せないかな？」

そう問うと柊は、うーん、と唸って、首を捻る。

「……今となっては、よく分かんないんだよね。俺が世の中のすべてを恨んでいた時、マスターに怒りをぶつけて、マスターはそれを受け止めてくれて、それでなんか色々浄化されちゃった感じがあって。あの頃は大変だったな、とは思うけど、恨んでいるとも違うというか」

「けれど、君は、当時の被害者の怒りを引き受けている。それについては？」

「それについては……やっぱり、嘘じゃなくて『仕方ない』って思ってる。本当は、マスターが俺にしてくれたみたいに、相手の怒りをもっとしっかり受け止めてあげたいんだけど、今の俺にできることといえば、ああするくらいで……」

そう言って柊は、申し訳なさそうに目を伏せた。

彼は本当に強い人だ、と高屋は心から思う。それでも、と口を開いた。

「逃げ出してしまうメンタルの日もあるんだろう？」

高屋の問いかけに、逃げ出す？　と柊は小首を傾げた。

「あ、ごめん。マスターが言っていたんだ……」

と、高屋がマスターから聞いた話を伝えると、柊は苦笑した。

「逃げてしまっていたのは、ヒミコを憎んでいる人じゃなく、今もヒミコを妄信している人だったからなんだ」

えっ……、と高屋は目を見開いた。

「あんな騒動になったうえ、あれから何年も経つのに、今もヒミコの信者っていてね、『自分はヒミコに救われた』って言ってくれてるんだ。それは、ありがたいんだけど、そういう人の前に、俺が出るわけにはいかない気がしてさ」

そう言って力なく笑う柊を前に、高屋は何も言えずに目を伏せた。

ごめんごめん、と柊はいつもの表情を見せる。

「それより、高屋君。サクちんの誕生日の件、よろしくね」

「分かった。尽力する」

高屋は気を取り直して、強く頷いた。

4

桜子の誕生日、四月五日は休日だった。だが、仕事があった高屋は出社し、自身のデスクで一人、静かに作業をしていた。

桜子とは、午後二時に『京都国際マンガミュージアム』の前で待ち合わせをしている。船岡山の面々からは、できれば夕方五時くらいまで連れ回してほしい、と頼まれていた。

そんなに、時間を潰せるだろうか、と高屋は眉根を寄せる。

オフィスに人の姿は少なかった。

マル長が、残業も休日出勤もなるべくしないよう、いつも呼びかけているためだ。

マル長や真矢も休んでいるが、珍しく三波は出社していた。

「高屋君、難しい顔してどうしたの？」

あとは、営業部の柿崎と朽木の姿も見える。

「いえ、なんでも……、そういえば、三波さんが、休日出勤なんて珍しいですね」

「もう、なに言ってるのよ。今日は四天王との打ち合わせでしょう？」

高屋が今回、休日出勤をすることになったのは、四天王とオンラインで打ち合わせをするためだ。

先日、アンソロジーのゲラ刷り（ページ番号等が入った本番のレイアウトに原稿を流し込んだ状態）ができあがり、四人に送っていた。

最初から最後まで読んだうえで、今一度打ち合わせをしたい、と四人から要望があったのだ。

「えっ、そのために出勤を？」

「私だって一応、担当だしね。まぁ、何かあったら助け船を出すくらいで、口出すつもりはないけど」

三波は、担当といっても、あくまでサブだった。

「そんなんだから、在宅参加でも良かったんだけど、私、オフィスに来ないと、仕事モードになれなくて」

その気持ちはよく分かり、自分もです、と高屋は同意する。

「それに、彼も今日、仕事だし」

てへっ、と三波は笑う。

そういえば、三波は以前、気になる人ができたと桜子に話していたな、もしかして交際に至ったのだろうか？　と高屋はぼんやり思う。

「ほんと高屋君って恋バナに興味ないんだね。もし同じことを真矢さんの前で言ったら、『なになに、彼氏できたの？』って絶対グイグイくるよ」

「男女の違いなのでは？」

「そうかなぁ」

「元々、そういう話は苦手ではありますね」

三波は、そんな感じだよねぇ、と残念そうに言う。

もしかしたら、三波は恋の話を訊いてもらいたいのかもしれない。

わざわざ、自分のサポートのために休日出勤してくれたのだ。ここは、後輩として気遣うべきだろう。

高屋は気乗りしないまま、そっと口を開く。

「三波さん、彼氏ができたんですね？」

「うん、まあ、最近ね」

「彼はどんな方なんですか？」

「ナイショ」

「………」

「ちょっと、チベットスナギツネみたいな顔しないで。言いたいけど言えない、そんな大人の事情もあるんだから」

「そうですか……」

「芸能人とかって偉いわよねぇ」

三波は囁くように言って、息を吐き出す。

話が飛びすぎて、わけが分からない。

「言えることはねぇ、私も星の動きに従って行動してみたのよ」

その言葉には興味があり、高屋は顔を上げた。

「どんなふうにですか？」

「前に、金星と火星がコンジャンクション——重なり合う日は、恋愛運が上がるって話を聞いたでしょう？」

そうですね、と高屋は相槌をうつ。

昨年、恋愛の特集をした時、柊からこんな話を聞いたのだ。

＊

『――太陽系の星たちはね、常にそれぞれのスピードで動いているんだ』

と、柊は人差し指を立てて、説明を始めた。

月は二～三日かけて星座を移動していくが、金星は約一ヵ月、火星は約二年かけて移動するそうだ。そうして、金星と火星が重なる日が巡ってくる。

『趣味や恋を司る金星と、勢いや行動を司る火星が重なる日は、恋愛に発展しやすい。つまりは恋愛運が強い日ってことだよ』

あくまで占星術上の話だが、三波はかなり前のめりで話を聞いていた。

『それは、誰にでも当てはまる日なのかしら？』

『もちろん、自分の出生図との角度なんかで変わってくるんだけど、基本的には発展しやすい日だね』

その話を聞き、『ルナノート』では『今年、恋が発展しやすい日』の特集ページをつくったのだ。

＊

「で、私は今年に入ってからもその日をしっかりチェックしていて、行動を起こしたのよ」

三波は、鼻息荒めに言う。

「行動とは？」

「金星と火星がコンジャンクションしている日に、ちょうど梅田で『ワイン試飲会』が開催されているのを知って、思い切って気になる人を誘ってみたの。で、それがきっかけで……話せるのはこのくらいなんだけど」

きゃっ、と三波は頰に手を当てる。

「彼のことは、柊君には伝えているの。柊君のアドバイスで踏み出せたからお礼を言いたくてね。だから、どうしても知りたかったら、柊君から聞いてもらってもいいから」

教えたいのか、教えたくないのかよく分からない。

「そうですか、では、十五分前なので、そろそろつないでおきますね」

高屋がオンライン会議の操作をしながら言うと、三波は顔をしかめる。

「ほんと、チベットスナギツネ」

「さっきからなんですか、それ」

「ググッてみれば分かるわよ。こーんな顔をしているの」

三波は指先を目尻に当てて横に引っ張り、目をうんと細くさせた。

高屋はすぐに『チベットスナギツネ』を検索する。一本線を引いたかのように目が細く、諦観したような表情のキツネの画像が出てきた。

高屋は、今の三波の顔と見比べる。

「なるほど」

高屋が真面目な顔で頷くと、三波は、ぶっ、と噴き出した。

「『なるほど』、じゃないわよ。高屋君って、意外と面白いわよね」

「面白い？」

これまで、『面白味がない』とはよく言われたが、『面白い』などと言われたことがない。これは喜ぶところなのだろうか？

高屋が複雑な心境でいるも、三波はすぐに仕事モードに頭を切り替えて、話を戻す。

「そういえば、今回の議題って？　そもそも今の段階になって、どうして四人揃って打ち合わせをすることになったの？」

「ゲラを読んだ四人から、相談があると……」

「えっ、もし、今から全部書き直したいって話だったら、どうしよう」

「良い原稿になりましたし、それはないと思うのですが……」

「いやいや、良い原稿になったからこそ、もっと良いものをって思ったのかも」

「それは……、ありえるかもしれません」

三波は弱ったような表情を見せる。

「今から四人揃って原稿を書き直したいとなると、ちょっと大変ね」

「でも、より良いものをつくれるなら、尽力したいです」

「おっ、高屋君、良い編集者だね」

三波は、ひゅう、と口笛を吹く。

高屋はそれには取り合わず、パソコンのディスプレイに目を向ける。

約束の十分前には四天王がオンライン上に姿を現したので、開始時間を待たずに、会議を始めることになった。

『――お休みのところ、お時間取ってもらってすみません』

口火を切ったのは冬を担当したファンタジー作家だ。顔をアイコンで隠しているのではっきりとは分からないが、四人の中で一番年上ではないかと思わせる。

そのため、いつの間にか、四天王のリーダーのようになっていた。

彼らの要望は、高屋と三波が思っていたものと、少し違っていた。

ゲラになった原稿を読み、四人はそれぞれ感動したそうだ。

そのうえで思ったという。

四篇は別々の独立した短編と見せかけて、ラストでつながりが明らかになる。

それはすごく良かったのだが、もうひとつ、伏線がほしいと感じたそうだ。

そこで、それぞれの主人公が、共通の何かを持っていることにしたいという。

「共通の何かとは……？」

高屋が問いかけると、四天王たちが答える。

『それを今日、ここで相談したいと思いまして』

そういうことか、と高屋は納得した。

「では、それぞれ、『これが良いのでは』という意見があれば出してください」

高屋はメモの用意をしながら、意見を促した。

最初はおずおずとだったが、次第に慣れたのか、四人は積極的に意見を出していく。

その結果、『指輪』『懐中時計』『コイン』などが候補に挙がった。

うん、と三波が目を輝かせた。

「このどれが採用になっても、良いと思います」

四人は（顔を隠しているが）わっ、と嬉しそうな様子を見せた。

『あの、ところでタイトルは決まったのでしょうか？』

と、春を担当する恋愛作家が、訊きにくそうに問うた。

高屋はまだ仮の段階なんですが、と前置きをして、これまで考えていた二つのタイトル、『星と四季の物語』『めぐる月と至極の四篇』を伝えた。

すると四天王と三波から、うーん、と渋い反応が返ってくる。

『悪くないんですが……』

『ええ、悪くはないんですけど』

それは、高屋も同じように思っている。

そうだ、とファンタジー作家が声を上げた。

『さっき相談した共通の持ちものをタイトルに入れるのは、どうでしょう？　たとえば、「星と指輪の物語」とか「めぐる懐中時計と至極の四篇」みたいな感じで』

おおっ、と皆は感心の声を上げる。

『いや、これもテキトーに言っただけなので、良さそうなタイトルができたら、それを共通の持ちものに採用することにするっていうのは』

皆は、いいですね、と賛成ムードだ。

つまり高屋が早くタイトルを決めなければ、加筆もできない状態になってしまったということだ。

仕方ない、と高屋は腹をくくる。

「分かりました。なるべく早くタイトルを決めますので、よろしくお願いいたします」

そう言って高屋が頭を下げると、彼らもよろしくお願いします、とお辞儀を返した。

「なんだか、四人とも良い感じに変わっていて、びっくりした」

オンライン会議が終わるなり、三波はしみじみと言う。

「そうですね、いつの間にか、皆の我の強さが落ち着いていました」

「あの、ファンタジー作家さんの影響だったりして？」

「それはあると思います」

いつの間にか、ファンタジー作家が、他の三人を取り纏めていた。

「あと、高屋君が真摯に取り組んでいるのもあると思うな。そういうのって、ちゃんと伝わるものだと思うし」

ストレートに褒められ、高屋は、ありがとうございます、と返し、気恥ずかしさを誤魔化すべく、問いかけた。

「飲み物買ってきますけど、何か飲みたいものがあれば」

「私は持参してるから大丈夫」

三波はマイボトルを手にして言う。

そうですか、と高屋は、立ち上がる。

営業のデスクを見ると、柿崎と朽木の姿はなくなっていた。

もう帰ったのだろうか？

そう思って通路に出ると、柿崎は自動販売機の前にいた。

ちょうどペットボトルのコーヒーを買い、口に運んでいるところだった。

「お疲れ、高屋君」

「お疲れ様です」

と、高屋は会釈をし、自分もコーヒーを買った。

「そうそう、桜子さん、『ルナノート』に新作を公開していたね」

「あ、はい。アドバイス、とても感謝していましたよ」

今まで、すっかり忘れていたが、急に桜子からのミッションが頭を過った。

柿崎の恋人の有無を確認しなければならない。

「不躾《ぶしつけ》ですけど、柿崎さんにはお付き合いしている方はいるんでしょうか？」

高屋に『さりげなく訊ねる』などという高等技術は備わっていない。

言葉通り不躾に訊ねると、柿崎は、ごほっ、とむせた。

「えっ、いきなり、どうしたの？　高屋君、そういう話、しなさそうなのに」

「ええ、まぁ、苦手ですね」

「もしかして、誰かに頼まれたとか？」

おそらく、桜子に頼まれたのを察したのだろう。柿崎は少し愉しげな表情だ。

高屋はそれについては何も答えず、そっと目をそらした。

「フリーだったんだけど、最近、彼女ができたんだよね」

「そうでしたか」

「うん。というわけだから……」

柿崎は、ごめんね、とでも言うように片手をかざす。

いいえ、と高屋は相槌をうつ。

「あらためて、不躾なことを失礼しました」

「いやいや、高屋君って優しいんだね」

「どうでしょう？」

高屋は苦笑して、肩をすくめる。

そんな話をしていると奥の会議室の扉が開き、朽木が出てきた。彼はノートパソコンを傍らに持っていて、高屋を見るなり、どうも、と会釈をする。

「奥の部屋で仕事をしていたんですか？」

「いや、今はちょっと私用でね。自分の仕事はこれからなんだ」

朽木はそう言って、自身のデスクに戻っていった。

「朽木さん、新刊の書店用ＰＯＰ、ありがとうございます。大好評でしたよ」

と、柿崎がその後を追い掛け、朽木は一見気だるげに、答えている。

潑溂として書店員に人気の高いハンサムな柿崎と、インドアだがアイデアマンで、柿崎が自由に動きやすいように計らって仕事をする朽木。

うちの営業は、相変わらずだ。

高屋は、二人に会釈をして、席に戻る。

ふと自分のデスクの方に顔を向けると、三波がジッとこちらを見ていた。

なんだろう、と高屋は一瞬戸惑うも、見ているのは自分ではなく、その向こうだということに気が付いた。

視線の先には、営業の二人――柿崎と朽木の姿があった。

二人はパソコン画面を指して、何やら真剣に話している。

「どうかしました？」

高屋が問いかけると、三波は慌てたように言う。

「あー、ええと、営業の二人、タイプ違うけど、上手くいっているよなぁって」

「そうですね」

高屋はそう答えながらも、三波のぎこちなさに何かが引っかかった。

三波の頬がほんのり赤い。

そういえば、三波に彼氏ができたのも、最近だという話だ。

金星と火星が重なる日を狙って、気になっていた男性をワインの試飲会に誘ったと言っていた。

そして、相手については『言いたいけど言えない』とも言っていたのだ。

だとすると……。

そうか、と高屋は口に手を当てる。

三波の彼氏というのは、柿崎。二人は、こっそり交際していたのだ。

桜子は、三波に憧れていると言っていた。

そんな三波が、自分の好きな人の彼女だと知ったら、桜子はどう思うのだろう？

やはり、ショックは大きそうだ。

それとも、憧れの人同士お似合いだと祝福するのだろうか？

いずれにしろ、一度は八つ当たりされそうだ……。

桜子が『やだ、もう、信じられない！　高屋がさっさと二人の仲に勘付いてくれたら、恋する前に諦められたのに！』等と理不尽なことを言って、憤っている姿を想像し、高屋は、はぁ、と息をつく。

「高屋君はもう帰るの？」

三波に声をかけられて、高屋は我に返った。

「いえ、まだ時間もありますし、他の仕事もしていこうと思ってます」

高屋が手掛けているのは、アンソロジーだけではない。

る。『ルナノート』は全般、そしてローカルグルメ雑誌『お洒落メシ』も一部任されてい

だが、今はアンソロジーの仕事が楽しかった。

「良くないですよね……」

高屋がぽつりと零すと、三波は小首を傾げた。

「なにが？」

「僕が、アンソロジーにばかり肩入れしてしまっていることです」

「そうかな、別にいいんじゃない？」

てっきり、『そうだよ。他のことにもちゃんと目を向けて』と言われると思ったため、高屋は拍子抜けして、目を瞬かせた。

「私だってファッション特集の時は、肩入れしまくっちゃうし。他の仕事もちゃんとこなしていれば肩入れは全然ＯＫだと思うな。それに今日は休日なんだから、最低限、やるべきことが終わったなら、さっさと帰宅する。それも社会人として、必要なメリハリだよ」

三波の言葉に、心が軽くなった。

少しだけ仕事を片づけたら、すぐに『京都国際マンガミュージアム』へ向かおう。

ちょうどいい時間に違いない。

そう思い、コーヒーの蓋を開けて、一口飲んだ。

5

帰りの電車の中で調べたところ、『京都国際マンガミュージアム』、以下、『マンガミュージアム』と略そう——は、『日本最大のマンガ博物館』だそうだ。

最寄りは、地下鉄烏丸《からすま》御池駅《おいけえき》。

高屋にとって通勤途中になる。

京都御所（御苑）からも近く、高屋も何度か建物を見掛けたことがあった。

その際、お洒落な雰囲気だが造りが小学校のようだ、という印象を持ったのだが、それは正解だったようだ。

マンガミュージアムは元々、昭和初期に建造された小学校をリノベーションしているという。

レトロモダンで情緒のある建物が、マンガの博物館。

このミスマッチさは、どこか『京都らしい』と感じた。

京都は、古き良きを重んじる一方で、新しさに強い好奇心を持ち、マンガやアニメなどに深い理解を持つ町だ。

「高屋」

桜子は、入り口前で待っていた。

いつもは髪を二つに結っているが、今はハーフアップにしている。上品なデザインのワンピースと、随分大人びて見える。

「えっへへ、高屋と二人で行動するのに、ツインテールなら犯罪色が強くなりそうだから、今日は大人っぽくしてみたの。似合うでしょう？」

喋るといつもの桜子であり、高屋は心なしかホッとした。

「君のその自信が、少し羨ましいよ」

「え、なにそれ」

と、桜子は笑う。今は随分機嫌が良いようだ。

今日は誕生日のはずだし、大事な日に失恋するのは忍びないだろう。

柿崎の件《くだん》の報告は、別の日にすることにしよう。

「それじゃあ入ろうか」

「うんっ」

高屋は事前に用意していたチケットを受付に出して入場する。

館内を進むと、約二百メートルの書棚があり、そこにマンガがギッシリと詰め込まれていた。

「これはね、通称、『マンガの壁』って言うんだよ」

と、桜子が説明してくれる。

見渡す限りのマンガの数々。マンガばかりということで、雑然としているのかと思っていたのだが、そうではなかった。

清潔感があり、ゆとりの空間と洗練された雰囲気は、近代的な図書館のようだ。

建物の中だけではなく、庭で読んでも良いそうだ。

窓の向こうには、青々とした芝生の上でマンガを読んでいる学生や親子連れの姿が見えた。

建物の中を進んでいくと、漫画家が皆の前で原稿を描き、その様子を大画面で見せるというデモンストレーションが行われていた。

「わっ、漫画家さんの制作作業だ」

桜子と高屋は足を止めて、作業に目を向ける。

漫画家はタブレットを使い、デジタルで作業をしていた。

下絵にペンを入れて、色をつけ、とみるみる原稿を仕上げていく。

「見事だな……」

「なんていっても、高屋曰く『天才の仕事』だもんね」

桜子はからかうように、高屋を横目で見た。

だが、高屋は真面目な顔で、「ああ」と頷く。

「あらためて、漫画家は天才の仕事だと思うよ」

話が聞こえたのか、作業をしている漫画家の頬がほんのり赤くなった。

天才の仕事、と言われて力が入ったのか、絵に迫力が増していく。

気が付くと結構な時間、見入っていた。

二人は我に返って、「そろそろ行こう」と、漫画家に会釈をし、二階のギャラリーへと向かった。


メインギャラリーの入口には、『一期一絵』という看板が立っていた。

一期一会になぞらえたのだろう。悪くないタイトルだ。

入口からじっくり作品を観ていく。

「あっ、よく相笠先生の表紙を手掛けているイラストレーターさんの作品だ。あっちには、漫画家さんの作品も。有名どころ、多く参加してるんだねぇ」

桜子は楽しそうに作品を観てまわっている。

桜子の言う通り、誰もが目にしたことがある有名イラストレーターや漫画家の作品が多い。さらに見ていくと奥の方には、まだ名が知られていないクリエイターの作品が並んでいた。無名とはいえ、クオリティは高い。

アニメのポスターのような作品や、絵本の一ページのような作品もある。

作品の横には、作者の情報とQRコードがついていた。

どの作品もそれぞれに素晴らしかったが、アンソロジーの表紙にぴったり合うものとなると、少し違う気がした。

イメージが合う作品はないだろうか？

高屋は真剣に見ていく。

ある作品の前で、高屋は足を止めた。

ギラギラとした星空の下にアーチ橋があり、その上を電車が走っている。

面白いと感じたのは、電車の後方が浮いているのだ。

作品のタイトルは、『銀河鉄道の帰還』。

宮沢賢治《みやざわけんじ》の同名の小説から着想を得た作品なのだろう。宇宙に飛び立っていた銀河鉄道が、戻ってきた様子を描いたもの。

隣の作品も宮沢賢治をモチーフにしているようだ。

星空の下、俯き加減でチェロを弾いている青年の周りを動物たちが囲んでいる。

この作品のタイトルは、『ゴーシュのコンサート』だった。

へぇ、と桜子が作品に顔を近付けた。

「この絵、綺麗だし、面白いね。お話の続きが描かれてるんだ」

練習が嫌いで下手くそだった『セロ弾きのゴーシュ』は動物たちのおかげで、腕を磨くことができた。この作品は、物語のその後の動物たちに向けたお礼のコンサートといったところだろうか。

見た者に『物語』を連想させるファンタジック性に、リアルで美しい筆致が素晴らしかった。

「この人がいい」

声に出すつもりはなかったが、気が付くとそんな言葉が高屋の口をついて出ていた。

「アンソロジーの？」

ああ、と高屋はクリエイター情報に目を向ける。

『遠野《とおの》宮守《みもり》』という名だった。

高屋がスマホを手にQRコードを読み取ろうとしていると、

「気に入ってもらえましたか？」

背後で声がして、高屋と桜子は驚きながら振り返った。

「あ、はい。あなたが遠野宮守さんですか？」

ええ、とにこやかに頷く。

三十代半ばの男性だった。線が細く、少し長めの髪を後ろで一つに結んでいて、丸縁の眼鏡を掛けている。イラストレーターというよりも『画家』という雰囲気だ。

「リアルな筆致に、幻想的で物語性がある画とのギャップが、インパクトがあって素晴らしいと思いました」

「ありがとうございます。実は自分はカメラマンなんです。この作品は写真をイラスト風に加工して、そこに描き足したりしたものなんですよ」

なるほど、と高屋は大きく納得し、桜子は「元は写真なんだぁ」と今一度、絵に目を向ける。

「遠野さんは、宮沢賢治のファンなんですか？」

「そうなんです。地元が岩手でしてね。子どもの頃は、『銀河鉄道の夜』のモデルになった橋の近くでよく遊んだんですよ」

岩手県は、宮沢賢治の故郷だ。花巻市には、『宮沢賢治記念館』もある。

「子どもの頃、外で遊んでいると、夕方からどんどん空が変わっていく。茜色《あかねいろ》に輝いて、やがて蒼《あお》く染まり、月の姿がくっきりとしていって、星が瞬いていく。そんな中、電車がアーチ橋の上を通っていくわけです。宮沢賢治が、銀河鉄道を思い浮かべたのも分かるなぁ、と思っていたんですよね」

高屋の脳裏にも、その光景が浮かんだ気がした。

「では、この作品は、岩手県の橋なんですか？」

「はい。地元では『めがね橋』の愛称で呼ばれていました」

私の『遠野宮守』という雅号も地元の地名そのままなんですよ、と彼は笑う。

その雅号から『遠野物語』を連想していた高屋は、納得しつつ、そそくさとポケットから名刺入れを出した。

彼も慌てたように名刺入れを出し、互いに名刺交換をした。

「自分は、耕書出版の高屋と申します」

彼は名刺を確認しながら、さして驚いた様子もなく、納得の表情を見せている。

「やっぱり出版社の方だったんですね」

「やっぱりというと？」

「カメラマンという職業柄か、なんとなく分かるんですよ」

そんなものなのだろうか？　出版社の人間といってもさまざまだ。実際、自分と三波とでは、まるで違っているのだが……。

そういう第六感はいまいち信じられず、高屋は受け流す。

「それじゃあ、私のことは分かりますか？」

と、桜子が自分を指差した。

「クリエイター志望の女子高生さんかな？」

「わっ、当たってます。てっきり女子大生って言ってもらえるかと思ったのに」

「女子大生にも見えなくはないんだけど、雰囲気が高校生だったから。で、二人は、親戚か、それに近い間柄なのかなって」

ここまで当てられると、カメラマンの洞察力に感動すら覚える。

あの、と高屋は居住まいを正して、遠野を見た。

「ぜひ、文庫の表紙を描いていただきたいと思いまして」

彼はさすがに驚いた表情を見せる。

「詳しいことは、メールでお伝えしようと思いますが……」

高屋がそこまで言うと、桜子が「あの」と口を開いた。

「私、館内でマンガ読んでるから、せっかくならお二人でごゆっくり」

「いいのか？」

「もちろん、なんなら一人の時間欲しかったし。がんばってね、高屋」

ぱんっ、と桜子は、高屋の背中を叩き、ひらひら、と手を振って、ギャラリーから出ていく。

高屋は気を取り直して、遠野を見た。

「こういうことですので、もし、お時間があれば、お話しさせていただいても良いでしょうか？」

そう訊ねると、彼は「ぜひ」と頬を緩ませた。

マンガミュージアムの敷地《しきち》内には、カフェもあり、彼とはそこで話すことになった。

高屋は遠野に、月や星、季節をテーマにしたアンソロジー集を刊行することになり、その表紙をお願いしたいと伝えた。

「アンソロジーの表紙、最初は宇宙の写真をと思ったんですが、それだとサイエンスな雰囲気になってしまうのが気になったんです。そんな時に、遠野さんの作品を拝見して、この方がいいと強く思いました」

あらためて伝えると、遠野は照れたように頭に手を当てる。

「そうでしたか、いや、嬉しいですね」

そう言いながら、遠野の顔がみるみる紅潮していく。

気が付くと涙を浮かべていた。

「えっと、あの……」

高屋が戸惑っていると、彼は、すみません、と口に手を当てる。

「実は、自分の作品が本になるのが夢だったんです。だけど自分には、文才もなく、絵の才能もそこそこ。だから、カメラの道に進んだんですが、どうしても諦めきれずに、こうして作品づくりをしてきました」

でも、これまで見向きもされなくて……、と遠野は目を伏せながら洩らす。

「ですので、こうしてお声をかけていただけて、本当に嬉しいんです」

「……それは、その、良かったです」

高屋は躊躇いがちに答えて、目を伏せた。

「ですが、お恥ずかしいのですが、私は未熟者なんです。美しい夜空も撮った写真を加工しているだけ。そこにイラストを描き足し、ソフトを駆使して、それらしく見えるものをつくっているだけなんです。そんな自分は本物のクリエイターといえるのかどうか……こんな自分でも、本当に良いのでしょうか？」

すみません、と彼は今一度言って、頭を下げた。

美しい夜空の写真を撮れる彼だが、それを自らの手で描けないことを悔しく思っているようだ。

そして、そんな自分を認められない。

彼の言いたいことは分かったが、その心境は理解できなかった。

「クリエイターに、本物もニセモノもないですよね？」

えっ、と遠野は顔を上げる。

「もし、僕があなたと同じカメラとソフトを持っていても、あの作品はつくれません。あなたは素晴らしい写真を撮って、知識を以て、最新技術を駆使し、自分のセンスでアレンジをした。それはもう、クリエイターですよね？」

遠野はまた涙を滲《にじ》ませて、ありがとうございます、と肩を震わせる。

「編集者さんにそう言ってもらえて幸せです。本の表紙になれるなんて、自分の人生が報われた気持ちです……」

そう言われて高屋は、居心地の悪い気持ちになった。

自分は、なんの実績もない、まだまだ新米編集者なのだ。

どう返して良いか分からず、よろしくお願いします、と頭を下げた。

6

遠野との打ち合わせを終え、桜子と合流した高屋は、京都国際マンガミュージアムを後にした。

時間を見ると、午後三時半を過ぎたところだ。今から船岡山珈琲店に向かったなら、指定されていた帰宅時間には早すぎるだろう。

どこかで時間を潰そうか——。

そう思っていると、

「ねっ、高屋、せっかくだから、ここから家まで歩いて帰らない？」

桜子の提案に、高屋は、はっ？　と目を瞬かせる。

「ここから、家までは、四キロ以上あるんだが？」

「えっ、そんなにあるの？　ちょっと歩きたい気分なのになぁ」

「それなら、ちょうどいい。この辺りを散策してから帰ろうか」

「賛成。でも、ちょうどいいって？」

「いや、僕もこの辺りを散策したかったから」

高屋は、ごにょごにょと言い訳をし、桜子と共にぶらぶらと散歩する。

「そういえば、遠野さん、引き受けてくれたの？」

ああ、と高屋は答えながら、感激して涙を流していた遠野の姿を思い出し、自然と眉間に皺が寄った。

「なのに、どうしてそんな難しそうな顔してるわけ？　嬉しいんでしょう？」

「そうなんだ。ものすごく感激してくれて……本当なら自分も嬉しく思うところだろうに……」

居たたまれなくて、たまらなかったのだ。

「なぜか申し訳なさが募って」

高屋が真剣な面持ちでつぶやくと、桜子は、はっ？　と訊ねる。

「どうして？」

「自分はなんの実績もない、ほとんど新米編集者なのに、神様みたいな扱いを受けたんだよ」

自分は本が好きで、出版社を志望した。純粋に雑誌や本をつくりたかった。

これまで実感したことがなかったが、編集者は、誰かの人生を変えてしまうこともあるのだ。

「神様かぁ……そうだね、私も春川出版の編集さんに声をかけてもらった時、神様だと思ったし」

桜子の言葉を聞いて、ぶるり、と体が震えた。責任の重さを肌で感じたのかもしれない。

「でも、いいじゃない、実際、高屋は彼の夢を叶えたんだし」

「叶えたというか、橋渡しをしただけで」

「だから、それでいいんだと思うんだけど。まったく、高屋は相変わらず面倒くさいなぁ。きっと、あなたのそういうところ、土星が影響してるのかもね」

「また、星の話……そうやって、星のせいにして、逃げてるんじゃないか？」

高屋はうんざりして、額に手を当てる。

「うん、そうだよ」

桜子は、あっさりとそう返す。

えっ、と高屋はぽかんとしながら、桜子を見た。

「全部、星のせいにしちゃっていいんだよ」

「そんな馬鹿なことを……」

「私さ、土星が蟹座だって話したじゃない？　人に対して、疑いを持ってしまうって。だから当たり障りのない付き合いしかできないって」

ああ、と高屋は頷く。

「私ね、中学の時、いじめに遭ったんだよね」

「え……君が？」

まったくそういうタイプに見えなかったので、高屋は驚きを隠せなかった。

「いじめと言うと大袈裟かなぁ。ハブられた……ある日突然、いつも一緒にいる友人たちから無視されたの」

そう言って桜子は、高屋の一歩前に出た。

長い髪が風に揺れているのが見えるだけで、表情が分からない。

「私ね、高屋やお兄に接してる感じが『素』なんだ。そんな素の自分は、今の友達に見せてないの。でも、中学の時は違ったんだ。素の状態で友達にも接してた。お兄や高屋に言うのと同じ感じで、ズバズバ言ってたんだよね。目立ってもいたみたい」

それは、容易に想像がついた。

「自分は、そんなふうでも、受け入れられる人間なんだって信じてた。けど、そうじゃなかった。気が付いたら、周りに人がいなくなってた……」

はぁ、と桜子は息をつく。

「自分のこれまでを振り返って、良くなかった部分を反省したし、謝ったんだ。それでも、壊れてしまった人間関係はもう修復できるものじゃなかった……。両親は本当は私が中学を卒業するのを待って、海外へ行こうと思ってたみたいだけど、『自分は大丈夫だから、もう出発してもいいよ』って言ったんだ。親を応援する振りをして、本当は私が逃げたかっただけ。それで、中三っていう中途半端な時期に京都に来たの。こっちに来て、本当にホッとした。人生やり直せるって」

桜子の話は、衝撃的だった。

だが、もしかして、と思う部分があり、高屋は口を開く。

「覆面で星読みをしたり、SNSでは見る専門だったり、作家デビューしても素性を隠していたり、桜子君がそうやって、自分を隠すようにしていたのは、もう同じような目に遭いたくなかったから？」

「……そうだったのかも。目立つのが怖いって気持ちはあるんだ。学校には、ツインテールにして行かないしね。今みたいな感じで、髪をおろしてるし」

そう言って桜子は、自分の髪を指で梳《す》いた。

「今は、人間関係は、大丈夫なのか？」

うん、と桜子は首を縦に振った。

「ここに来て、私は占星術に救われたの」

「君が星について学んだのは、ここに来てからだったんだ？」

高屋が問うと、ううん、と桜子は首を横に振る。

「幼い頃からお祖父ちゃんから星について教わってたよ。でも、こっちに来てから、さらに勉強するようになった。お祖父ちゃんは、お兄のことがあって店での星読みはやめていたけど、心は星の世界にあったみたいで、私がお願いしたら丁寧に教えてくれたし、嬉しそうだった」

だから、と桜子は続ける。

「私は昔から自分の出生図を知っていた。だけど、それまでは、自分の出生図を前にしても、『へぇ』って思うくらいだったんだよね。中学で色々あって、あらためて自分の出生図を視たら、試練と課題を示す土星が蟹座にあって、納得というか、すごく腑に落ちたんだよね」

そこまで言って桜子は、あっ、と声を上げた。

「誤解しないでね」

「誤解というと？」

「蟹座のこと。蟹座自体は、素敵な星座なの。母性を暗示していて、優しくて包容力があって、コミュニケーション能力に長《た》けた、そんな星座なんだ。だから太陽の星座が蟹座の人は、その才能っていうのかな……そういう素敵な部分を自然に使えるんだけど、土星が蟹座となるとその長所を上手く使えなくて、逆にトラブルのキッカケになっちゃうことがあるんだよね。同じ土星蟹座でも人によって違うし」

高屋は黙って相槌をうつ。

「私の場合は、『他人との距離感を間違ってしまう』、『相手に執着して、無意識に相手を支配しようとする』……そういう方に働いていたんだよね。それを知って、すとんと腑に落ちた。なんだか楽になった」

「楽に？」

そう、と桜子は振り返る。風にそよぐ髪を耳に掛けて、はにかんだ。

「『あー、私はそうだったんだ。ここに課題があったからだったんだ』って。そして、『それじゃあ、これから気をつけよう』ってそう思えた。ちょっと乱暴な譬えだけど、病だって病名が分からなければ、どうしようもできないけど、どんな病気か分かっていれば治療方法はあるじゃない？　『土星が○座だから、一生そういう性格』っていうわけじゃない。『そういうトラブルを起こしてしまいがちだけど、そこを気をつけたら、星座の素敵な才能を使えるようになる』っていう『課題』なんだよね」

課題か……、と高屋はつぶやいた。

「それじゃあ、君は、今蟹座の才能を使えている？」

「まあまあね。もちろん、太陽蟹座さんや、月蟹座さんのようには使えないよ。私は、自分を『抑制』することで、人とのコミュニケーションを上手く取れるって分かったの。まさしく土星っぽいでしょう？」

土星のリングは、制御や抑制の暗示でもあると言っていた。

「だから今は、周りにいる友達に無遠慮な言い方をしたりしない。そうすることで、傷付く人もいるんだって知った。私が遠慮なく『自分』をぶつけるのは、身内か嫌われてもいい人だけにしてる」

桜子が、三波や真矢に見せていた姿、あれこそが外に向けた顔なのだろう。

高屋は納得して大きく首を縦に振った。

「僕は、嫌われてもいい人だったからね」

「今は身内に昇格だけどね」

「光栄だな」

「でしょう？」

高屋と桜子は顔を見合わせて、くっくと笑う。

「土星の課題をクリアしたら扉が開けて、ものすごく生きやすくなるんだって。それはそうだなって実感してる」

「だけど、君は自分を偽っていることに、嫌になったりしないのかい？」

「『偽り』じゃなくて、『礼儀』だと思っているから嫌にならないよ。それに、これも分かったうえだから、納得してる。星を知るってそういうことなんだよね」

ふむ、と高屋は納得した。

「言ってしまえば、君は内弁慶ということだな」

そうそう、と桜子は笑う。

「それでね、さっきも言ったけど、土星はあるサイクルごとに手を変え品を変えて、何度も課題を出してくる。私、今回、それが来ちゃったんだよね」

「今回と言うと？」

「出版の件。担当編集さんに、自分の遠慮のないわがままをぶつけちゃったんだ」

ええっ、と高屋は目を瞬かせた。

「三波さんや真矢さんには、あんなに礼儀正しい君が？」

「いやはや、ほんとにお恥ずかしい……夢が叶ったことで高揚して変なテンションになっちゃって。土星ってそういう『人生のステージ』が変わる時に課題を突き付けてくるものなのよ。私も後になってから、『今回のは、星の課題だったんだ』って気付けたんだけどね」

望んだ状態になった時、いかに『正しい自分』でいられるかを試される。

そういえば、宝くじが当たった人が自分を見失って散財し、数年後には借金まみれになっていた、という話を聞いたことがある。

もしかしたら、それも土星の課題だったのかもしれない。

土星というのは、なんて恐ろしい星だろう、と高屋は身震いを感じる。

でもね、と桜子は言う。

「お祖父ちゃんが言ってたの。私みたいにまた失敗しても腐らずにちゃんと自分をあらためて、軌道修正して前に進めば、必ず大きな良いことがある。そしてまた幸せになる。土星は『安定』を与える星でもあるから、その幸せが続く。そうやって螺旋《らせん》みたいに繰り返していくのが人生なんだって」

人生については、私にもよく分かんないんだけどね、と桜子は笑う。

そんな話をしながら歩いていると、『月と六ペンス』という看板が目に入り、高屋は足を止めた。

「『月と六ペンス』？」

高屋と桜子の声が揃った。

「これって、小説のタイトルだよね？」

「ああ。イギリスの作家、サマセット・モームの小説のタイトルだ」

『我々はどこから来たのか、我々は何者か、我々はどこへ行くのか』という、まるで土星に翻弄された人のつぶやきのようなタイトルの作品を描いたフランス人の画家、ポール・ゴーギャンをモデルとした作品だ。

「カフェかな？」

「そのようだ」

ひっそりとした雑居ビルの二階にある。

入ってみよう、と二人は階段を上って、扉を開ける。

店内は本が多く、ひっそりとした雰囲気だ。

隠れ家的な――という言葉がこれ以上なく、しっくりと当《あ》て嵌《はま》る。

「秘密の図書館みたい」

桜子は店内を見回しながら、熱い息をつく。

二人はカウンター席に腰を掛けて、高屋はコーヒーを、桜子はアイスミルクティーをオーダーした。

やがて運ばれてきた飲み物を口に運び、あらためて、店内を見回す。

店主が本好きであるのが伝わってきて、高屋の頬が自然と緩んだ。

それで、『月と六ペンス』という店名にしたのだろう。訳者の一人の解説によると、タイトルの『月』は夢を、『六ペンス』は現実を意味しているという。

他にも解釈はあるが、高屋はこの訳し方を気に入っていた。

夢と現実か。

再び遠野の姿を思い出して、高屋は息をつく。

出版社で二年以上働いていながら、未《いま》だに夢気分が抜けなかったのだろう。

今、現実と向き合って、戸惑っているのかもしれない。

それにしても、普通の人間なら喜ぶところを、なぜ、こんなに落ち込むのか……。

――桜子の言う通り、自分も土星が影響しているのだろうか？

ちらりと横を見ると、桜子は店内の本を開いて、楽しそうに読んでいる。

高屋は桜子に気付かれぬように、スマホを操作して、自分の出生図を出してみる。

表示されるまでの刹那、初めて出生図を目の当たりにすることに心臓が尋常じゃなく音を立てていた。

それで気が付いた。

自分がこれまで頑《かたく》なに拒否をしていたのは、占星術を嫌っていたのではなく、怖かったのだ。

何もかも見透かされてしまう、そんな恐怖だったのだろう。

……ということは、本当はかなり信じていたんだな。

高屋は苦笑して、自分の出生図を見詰めた。

——自分の土星は、母親と同じ乙女座だった。

ごくりと、高屋は喉を鳴らした。

「……桜子君」

「あ、うん。なに？」

「母のことで知りたいんだが、土星が乙女座だと、どんな感じなんだろう？」

自分のことだとは知られたくなく、母にかこつける。

桜子は疑いを持たなかったようで、そうだね、と読んでいた本を閉じた。

「乙女座自体は、才気に溢れて、観察力、分析力もある。能力が高いのに、決して、ひけらかさない。優秀な執事だったり秘書だったり、そんな星座なのね」

うん、と高屋は頷く。

太陽の星座が乙女座ならば、その才能を発揮できるのだろう。

「乙女座が土星となると、『過剰な完璧主義者』って感じかな。完璧じゃないと自分を責めてしまう傾向があったり、ストイックすぎて心も体も駆使しちゃったり……それで苦しくなって、時々、一人になりたくなったり」

……ある。ものすごくある。

高屋は気付かれぬように拳を握る。

「そんな乙女座土星さんは、自分で自分の首を絞めちゃうタイプなところもあってね。自分を追い込みすぎると、他人への当たりがきつくなったりする場合もあるんだよね。そういう言動が見えてきた時は、『自分を苦しめすぎている』って黄色信号なんだよね」

と、桜子は人差し指を立てた。

これは母が、まさにそうだった。

常に凛《りん》として、正しかった母が、家族に当たり散らすようになっていったのだ。

「だから、乙女座土星さんが、気を付けるところは、『完璧じゃなくていいんだ』って思うことや、『ついしてしまう自己否定を中断する』。自分を責める声が大きくなった時は、他者にかけてあげる肯定の言葉を、自分にかけてあげるといいと思うんだよね。そうしていくと、扉が開けるみたい」

不思議だった。その言葉を聞いているだけで、扉が開けた気がしたのだ。

そっか、と高屋は肩の力を抜いた。

自分が求める編集者像にこだわりすぎていた。ちっともそれになれていないのに、自分が編集者面しているのを許せなく感じていたのだ。

他者にかけてあげる肯定の言葉を、自分にかけてあげるといい——か。

もし、他の人間が、自分のようなことを言っていたら、なんて伝えるのだろう？

『未熟でもなんでも君は編集者だろう。今の場所に至るまでの勉強も含めて、君の糧になってそこにいるんだから、ぐずぐず言わずに自分の仕事をするべきじゃないか』

きっとこう言うであろう。

いや、その通りじゃないか。滑稽だ。

高屋は思わず笑いそうになり、肩を震わせる。

「え、高屋、どうしたの？」

「あ、いや、その……考えごとを……」

今すべきは、落ち込むのではなく、良いものをつくること。

素晴らしいクリエイターに表紙を依頼できたのだ。

良いタイトルを考えたい。

「考えごとって？」

「タイトルなんだ。ふと、思ったんだけど」

誤魔化しから出た言葉だが、次の瞬間、頭に浮かんだ。

「『月夜の四ペンス』って、どうかなって」

そう言うと、桜子は、ぷっ、と笑う。

「それは、思わず笑っちゃうね。四篇だから、四ペンス？」

「それもそうだし、四人の主人公が持っているコインに掛けてもいる」

「つい笑っちゃったけど、素敵なタイトルだと思うよ。小説を知らない人でも、『月と六ペンス』ってタイトルはなんとなく知っているし引力がありそう。そして遠野さんの素敵な表紙でしょう？」

うん、いいね、と桜子は腕を組みながら、頷いた。

「四天王が気に入ってくれるか分からないけどね」

とりあえず、提案をしてみよう。

『タイトルを考えました。それで、主人公の持ちものをコインにするのはどうでしょうか？』と——。

その時、高屋のスマホが、ポケットの中で振動した。

見ると、柊からのメッセージであり、

『急遽《きゆうきよ》、場所変更！ 船岡山公園に来て！』

などと書いている。

「………………」

高屋が黙り込んでいると、どうしたの？ と桜子が小首を傾げた。

「あ、いや、柊君が、『船岡山公園に来て』と」

そう言うと桜子は、あー、と思い出したように手を叩く。

「この週末、船岡山で『桜まつり』をやっているから」

「そうだったんだ？」

「みんなお祭り好きだし、きっと店閉めて行ってると思う。私たちも行こうか」

「あ、うん」

高屋はそそくさと立ち上がった。

7

船岡山には、見晴らしの良い広場の他に、遊具が置かれた児童公園や、東屋《あずまや》、野外ステージなどがある。

普段はひっそりとした雰囲気だが、今日は『船岡山桜まつり』という大きな看板が掲げられ、丸い提灯《ちょうちん》がずらりと吊《つ》るされて、明かりを灯《とも》している。

桜の花びらが舞う中、たくさんの屋台が並び、人々が行き交っている。とても賑やかな様相だ。

祭りのチラシも作っているようだった。見ると、京都の有名店が集まる『京都パンまつり』や『古本市』『骨董市』なども行っているようだ。

「これは興味深い……」

高屋がしみじみとつぶやいていると、

「サクちーん、高屋くーん！」

と、柊の声が響いた。

顔を向けると、屋台の中に柊の姿があった。大きく手を振っている。

柊は、黒いインナーシャツの上に、白地のTシャツを着ていた。そのシャツには、『人生って、人が生きるって書くんだな』と相変わらず、深いようで当たり前のことが書かれていた。

「なんだか、カチンとする文言なんだけど……」

さっきまで人生について話していた桜子は、イラッときたように洩らす。

「それより、サクちん、マスターが考案した『さくら苺飴』を食べてよ」

看板には、『船岡山珈琲店、特製、さくら苺飴』と書いてある。

「うちの店も出店してたんだ……」

「『さくら苺飴』とは？」

その名の秘密は、見てすぐに分かった。

苺を切って桜の花びらのように配置し、飴でコーティングしていたのだ。

「俺とマスターで考案した、『さくら苺飴』。なかなかいいでしょう」

「たしかに、桜みたいで可愛い」

「さっ、食べて」

と、柊は棒の部分を持って、桜子と高屋に『さくら苺飴』を差し出す。

どうも、と受け取って、一口食べた。

パリパリの飴の中に入っている、薄く切られた苺の甘酸っぱさと食感が絶妙だ。

「美味しい！　これ、いいね」

「これは……大発明かもしれない」

感激する桜子と高屋を前に、でしょう、と柊は得意満面だ。

だが、二人揃ってすぐにハッとした。

「それよりも！　ちょっとお兄、どういうこと？　こういう祭りに参加してるなら、手伝いたかったんだけど」

「そうだよ、『急遽』と言ってたじゃないか。僕も聞きたい」

二人が詰め寄ると、柊は、どうどう、と手をかざす。

その時、野外ステージの方から、吹奏楽の音楽が流れてきた。

「あ、そろそろだね。行かなきゃ」

「どこに？」

そんな桜子に構うことなく、柊は隣の青年に声をかける。

「タケさん、店番お願いします」

「おう、任せとき」

こっち、と柊は足早に、野外ステージへ向かって歩き出す。

辿り着いた船岡山の野外ステージは、なかなかの広さを誇っていた。

ステージから客席に至るまで、すべてが石造りだった。

今は高校生の吹奏楽部が演奏をしていた。

生徒たちはイキイキと演奏し、客は拍手で応えている。

「ここが一体……」

高屋が小首を傾げていると、隣で桜子が「ええっ」と声を上げた。

「どうかしたのか？」

「見て、これ！」

桜子は野外ステージで配っているコピー用紙で作られたチラシを受け取ったことで、驚いたようだ。

そのチラシには、『マスターズ――北区の各店のマスターたちが演奏するジャズバンド！　平均年齢六十歳のパワーをとくとご覧あれ！』と書かれ、マスターの写真もあり、ごほっ、と高屋はむせた。

「お兄、どういうこと？」

「まあまあ、観れば分かるから。マスターたちは次なんだ。前に行こうか」

柊、桜子、高屋は、端からそろそろと前方へと向かう。

ステージの側にいた京子が、「あっ」と声を上げた。

「桜子、高屋君、ちょうどいい時間やね」

はぁ、と答えたその時だ。

舞台で、ピアノの音が響いた。

ハッとして顔を上げると、高校生たちは下がっていて、マスターと船岡山珈琲店の常連客がステージに上がっていた。皆、年配の男性だ。

「いつも店に来ている人たち……」

高屋がぽつりと零すと、柊は、そう、と頷く。

「呉服屋さんだったり、和菓子屋さんだったり、パン屋さんだったり、あの常連さんたちは、みんなお店のマスターなんだよ」

そうだったんだ、と高屋はぽかんとしながら思う。

「で、みんな、若い頃音楽やってて、ピアノ弾くうちのマスターに触発されて、また楽器を手に取ったんだって」

ピアノ兼ボーカル、トランペット、ギター、ベース、ドラムという組み合わせだ。

ドラムがスティックで合図をして、マスターがピアノを奏でながら、歌い出す。

一曲目は、ビートルズの『レディ・マドンナ』だった。

思わぬ迫力に客席が驚いている。

だがすぐに、うわあああ、と歓声が上がった。

仰天していた桜子だが、すぐに目を輝かせて、両拳を握る。

「うっそ、お祖父ちゃん、カッコイイ！」

「だよね、マスターたちカッコイイ」

柊も嬉しそうに頷きながら、手拍子を打つ。

ズンズン、と響くバンドのサウンドに乗って、マスターの美声が会場を包む。

『平均年齢六十歳のパワー』は伊達《だて》ではない。

高屋は、そのパワーを前に圧倒されていた。

客席も同じだったようで、曲が終わると、大きな拍手が沸き上がる。

その興奮も冷めやらぬ間に、京子がタンバリンを三つ持ってきた。

「はい、桜子、柊、高屋君もこれを持つんやで」

「えっ？」

行こう、と柊が先導する。

「みんなでステージに上がるんだよ」

「えええ？」

戸惑う間もなく、京子に押されて、桜子と高屋は柊と共にステージに上がった。

それが合図のように二曲目に入った。

次もビートルズで、『バースデイ』という曲だった。

曲が終わるなり、ぱぁん、とクラッカーの音が響き、

「愛《いと》しき我が孫の桜子、そして会場にいる四月生まれの皆さま……」

「誕生日おめでとう！」

口火を切ったマスターに続いて、バンドのメンバーが声を揃える。

それにつられるように、おめでとうーっ！　と客席から声が上がった。

「えええ、嘘でしょう、もう信じられない」

桜子は目を泳がせて、頬に手を当てた。

ふふっ、と柊が笑う。

「いいじゃん、プロポーズをサプライズってわけじゃないしさ」

「そうかもだけど」

桜子が肩をすくめていると、書店のパートを務めている智花が、大きな花束を手に
ステージに上がってきた。

「桜子ちゃん、お誕生日おめでとう。これ、私たちから」

「あんたの好きな花やで」

と、京子が言う。

桜の色のようなピンクの薔薇の花束だ。

「……ありがとう」

桜子は花束を受け取り、感激したのか、頬を赤らめている。

ステージには、学校の友人もいたようで、

「桜子ー、誕生日だなんて知らなかった」

「おめでとうー!」

と、声を上げていた。

桜子は、ありがとう、と手を振る。

過去に人間関係で色々あり、もう友達に対して、『素』の顔は出していないと言っていた。それでも今、こんなふうに幸せそうに笑っている。

これが、彼女が乗り越えた壁なのだ。

高屋がホッとした気持ちでいると、今度は柊が黄色いミモザの花束を抱えて、やってきた。

それも桜子に渡すのかと思えば、高屋に差し出す。

「え、僕？」

そう、と柊は頷く。

なんだろう、と思いながら、花束を受け取った瞬間、

「高屋君、船岡山に来て一周年！　おめでとうーっ！」

と、皆はまた、クラッカーを鳴らした。

ひゅるひゅると紙屑《かみくず》が、高屋の頭に乗る。

「……え」

高屋は、呆然《ぼうぜん》としながら、皆を見る。

「ま、約一周年やけど」

「サクちんのお祝いと一緒にと思って」

「高屋君、おめでとうございます」

京子、柊、智花が微笑んで言う。

ステージの上にいる者も、観客席にいる者も、みんな笑顔で拍手をしていた。

「高屋君もおめでとうやな！」

「ずっと、船岡山にいてええんやで」

こんなのは聞いていない。

ただ、桜子の誕生日をサプライズで祝うのに、協力したつもりだった。

まさか、自分もその対象だったなんて。

サプライズには、賛否があるという。

これまで、縁がなさすぎて、賛も否も分からなかった。

今、こうして、サプライズを仕掛けられて、苦手だという人の気持ちが分からなくもない。できれば、今後は勘弁してもらいたい。

なぜなら、感激しすぎて、みっともない姿を見せてしまうかもしれないからだ。

こんなふうに温かく迎え入れてもらえている。

嬉しくて、泣いてしまいそうだ——。

目頭が熱くなったけれど、ぐっ、と堪え、

「それは、その、ありがとうございます……」

ミモザの花束で顔を隠して、頭を下げた。

8

「ほんと、ごめんね？　ここで打ち合わせしている時は、まだ祭りに参加することが決まってなかったんだよね」

柊は、高屋を前に手をかざして、いたずらっぽく笑う。

野外ステージのプログラムは終了し、会場に集まっていた人は随分引けていた。今は、客席を休憩の椅子代わりに使う人たちが、ちらほらいる程度だ。

高屋と柊はというと、実行委員やボランティアの学生たちと共にステージの上の片づけをし終えたばかりだった。

ステージの上で体に着いた埃《ほこり》を払いながら、一体どういうことだったんだろう？と、あらためて高屋が柊に問うたところ、冒頭の台詞が返ってきたのだ。

「いや、そうは言っても、君たちが珈琲店でサプライズの打ち合わせをしていた時から、今日までそんなに日も経っていないだろう？」

解せなさに眉根を寄せていると、

「ほんまやで」

京子がひょっこり顔を出し、

「こん人が『桜まつり参加するし、桜子の誕生日はそこで祝うことにした』て、急に言い出さはったんや」

そう言って、マスターに一瞥をくれた。

マスターは、ははは、と笑って、頭に手を当てる。

「実は、今回の祭りに参加する予定だったバンドが、メンバー同士で大喧嘩をして、解散騒動となり、急にキャンセルを申し出てきたそうなんです。で、急に枠が空いたので、祭りの実行委員が、『マスター、ピアノの弾き語りをしてもらえませんか？』と私に声をかけてきたわけです。それなら町内会の音楽仲間とバンドをしよう、せっかくなら出店を出そうと、急遽新メニューを考案し、こうなったわけです」

それでしたら、と高屋は息を吐き出す。

「おっしゃっていただければ……。桜子君も出店を手伝いたがっていましたし、ステージのことさえナイショにしていれば、サプライズは成功しましたよね？」

「いえいえ、高屋君ががんばって桜子を連れ出してくれることになったんです。桜子自身も、マンミュに行けると喜んでいましたし、それはそのままでいいかなと」

はあ、と高屋は相槌をうつ。

「まあ、とりあえず成功したから、良しとしようよ」

などと柊があっけらかんと言う。

高屋は、やれやれ、と肩をすくめて、ステージからの景色を見回した。

客席には、桜子の姿があった。たまたま来ていたらしい、友人たちと楽しげに語らっている。

かと思えば、こちらに駆け寄ってきた。

「お兄、あの子たち、高校の友達なんだけど、お兄と話してみたいんだって」

その言葉に柊は、「えっ、俺と?」と驚いたものの、すぐに満更でもないようにデレデレと顔を緩ませる。

「もう、しょうがないなぁ」

そう言いながらステージを降りて、桜子の友人の許へ向かう。

桜子も一緒に友人の許に戻ろうとして、足を止めた。

相笠くりすの姿を見付けたためだ。彼女は今日はドレスではなく、シンプルなワンピースを着ていて、髪は後ろに一つにまとめている。

ファッションが違うだけで、別人のように見えた。

「こんばんは、桜子さん。マスターのステージ、観てたわよ。そして、今日はあなたのお誕生日だったのね、おめでとう」

「わぁ、くりす先生、ありがとうございます」

桜子は感激したように、胸の前で拳を握る。

「知らなかったから、プレゼントも何もなくて申し訳ないんだけど」

「いえいえ、そんな。そのお言葉だけで……」

その会話を聞いて、高屋は「あっ」と声を上げて、固まった。

「高屋、どうかしたの？」

と、桜子が不思議そうに振り返る。

「いや、僕も君に何も用意してなかったと思って……」

自分は相笠くりすとは違い、桜子の誕生日を知っていながらだ。

少し申し訳なく思っていると、桜子は「そんなこと」と笑う。

「高屋はマンミュ奢ってくれたじゃん。それでいいよ、それより……」

桜子はそう言って、ちらりと柊の方を確認する。

彼は今、相笠くりすと話していた。

桜子の友人たちは、「桜子、それじゃあ、またねー」と手を振っている。

「うん、またねー」

と、桜子も手を振り返し、高屋を見た。

「その、私が頼んでくれてたことはどうなったの？」

桜子はぼそぼそと小声で訊ねる。

柿崎の件だろう。

さらに申し訳なくなり高屋がうな垂れると、桜子は察したようだ。

「そっかぁ、彼女いたんだ……」

「ああ、申し訳ない」

「なんで高屋が謝るわけ？」

「いや、それが……」

　柿崎の彼女は、三波だった。自分が気付けていれば、という気持ちがある。

「えっ、なによ？」

「それが、柿崎さんの彼女は、おそらく三波さんだと思うんだ」

　いずれ知ってしまうかもしれないなら、今が良いかもしれない。

　そんな気持ちで伝えると、桜子は、ふぅん、と答える。

「で、それがなに？」

「いや、その、ショックではないかと……」

「どうしてショックを？　お似合いだと思うけど」

「君は……強いんだな」

　思わず感心して言うと、桜子は怪訝そうに眉根を寄せた。

「もしかして高屋、私の好きな人が柿崎さんだと勘違いしてた？」

「え、勘違い？」

「そうよ、勘違いよ。私が気になっているのは、朽木さん！」

えぇっ、と高屋は目を瞬かせる。

「いや、だって、君は柿崎さんのことをカッコイイって……」

それでまさか、朽木だとは思わないだろう。

「たしかに言ってたけどね」

「君は柿崎さんのような人が好きなんだと」

「嫌いじゃないわよ。でも、朽木さんのなんていうか、ギャップみたいなのにやられちゃったの」

「ギャップ……」

「そう。朽木さんってダルそうに見えて、仕事できる感があるし、声だけで私の正体を見抜いて、恩人って言ってくれて、それも感激だったし……、なんか独特の雰囲気も色気があるというか、ちょっと、いいなって……」

桜子は恥ずかしそうに、ぼそぼそと言う。

「色気って……」

「あー、サクちん、あのね」

相笠くりすの許にいた柊が、いつの間にか目の前にいた。

話を聞いていたようで、桜子の耳元でぼそっと伝える。

「朽木さんはね、三波さんとお付き合いしてるんだよ」

この声はかろうじて、側にいた高屋にも聞こえた。

桜子は、ええっ、と目を丸くする。

高屋も声こそ上げなかったが、同じ気持ちだ。

「嘘でしょう？」

「嘘じゃないよ。だって、三波さん本人から直接聞いたんだし。サクちん、残念だったね……」

柊は、労《いた》わるように言う。しかし、彼がちっとも『残念』だと思っていないのは、高屋にも伝わってきていた。

「黙れ、お兄！」

「えええ、ひどい」

「ひどいのはお兄の方だよ、人が失恋したのに嬉しそうにしてさぁ」

「そりゃ嬉しいよ」

「嬉しいって！」

「そりゃ、俺はサクちんに彼氏とか嫌だよ。でも、サクちんが恋をするのは仕方ないことだと思ってるよ。だけど、相手が社会人となれば話は別。心配だし」

柊の言ってることはもっともだ。

だが、柊の場合は、相手が社会人ではなくても心配に違いない。

それにしても、と高屋は腕を組む。

三波の彼氏は、柿崎ではなく、朽木だった。

それでは、三波と柿崎に共通していた『最近、交際したばかり』というのは、偶然だったということか……。

高屋がそんなことを考えていると、

「くりすさんっ」

柿崎の声がして、高屋の肩がびくんと震えた。

「直也さん」

いつも抑揚のない話し方をする相笠くりすだが、その言葉には甘い響きがあった。

「姿が見えなくなったから、心配したよ」

と、柿崎が相笠くりすの肩を抱く。

「ごめんなさい、知り合いがいて」

相笠くりすは、頬を赤らめながら、柿崎を見上げている。

高屋と桜子は、あんぐりと目と口を開けた。

「えっ、柿崎さん……？」

ああ、と柿崎は大きく手を振る。

「高屋君も来ていたんですね」

「あ、はい。それで、その、お二人は……？」

と、高屋は、柿崎と相笠くりすを交互に見た。

ははっ、と柿崎は照れたように笑う。

「ちょうど今日話していた『最近できた彼女』って、実はくりすさんのことで……」

相笠くりすは、気恥ずかしそうに目を伏せる。

高屋は、躊躇いながら訊ねた。

「えっと、相笠先生と柿崎さんは、元々面識が？」

同じ出版業界にいても、作家と販元の営業は、接点がない場合が多い。

「彼は関西を担当する営業だから、私の書店回りには、いつも彼が付き添ってくれていたの。彼の気遣いとスマートな立ち居振る舞いに惹かれていたんだけど、絶対に、彼女がいると思い込んでいて、諦めモードだったのよね」

そう話す相笠くりすに、桜子は呆然としたまま口を開く。

「くりす先生が『相手には彼女がいる』って言っていたから、私はてっきり、作品のモデルになっている家頭清貴さんに恋をしているのかと……」

その言葉に、相笠くりすは露骨に顔をしかめた。

「たしかに彼は美青年だし、眺めるだけなら最高だけど、あんな特異な人はちょっとごめんだわ。大体、出会った頃から、彼はパートナーに夢中だったし、最初から恋心も抱かないわよ」

「そうだったんですね」

と、桜子は納得した様子を見せる。

それにしても、自分の知らない間に勝手に振られた家頭清貴は、たまったものではないだろう、と高屋は頬を引きつらせた。

「で、くりす先生は柿崎さんに対して諦めモードだったんですよね？　その気持ちはどうして変わったんですか？」

実は、と相笠くりすは、柊の方を見た。

「この前、船岡山珈琲店で柊君に、活を入れてもらって」

「お兄に……」

「活を？」

と、桜子と高屋は、柊に視線を送る。

いやはや、と柊は照れたように、自らのうなじに手を当てた。

「だって、くりす先生が、『ルナノートもチェックして恋に発展しやすい日が来るって楽しみにしていたのに、何もなかった』ってクレームを入れてきたからさ、『その日は何をしていたんですか？』って聞いたら、『仕事場で原稿をチェックしてた』って言うんだよ。そんなのどんなに良い日でも良いことなんて起こるわけないじゃない。幸運って、常に行動と共にあるんだから。『恋に発展しやすい日』を知ったなら、出会える場所に行くとか、気になる人に連絡を取るとかしないと。だから『ちゃんと行動しないと、なんにもならないですよ』って伝えたんだ」

うんうん、と桜子が同意している。

三波は『恋に発展しやすい日』に気になる人を『ワイン試飲会』に誘ったのだ。それがきっかけで、二人は交際に至ったのだから、行動が大事というのは説得力がある。思えば幸運は、幸せを運ぶと書くんだな……などと、柊が言いそうな文言が高屋の頭を掠めた。

「それで、私は思い切って、柿崎さんを食事に誘ってみたの。その時に彼女の有無を聞いてみたら、今はフリーだって話で……」

「僕にとって相笠くりすは『作家先生』でしかなかったんだけど、その時の彼女が、まるで少女のように可愛くて、キュンとしてしまってね。いつも着ていたドレスじゃなく、シックなファッションもギャップで……」

「やだ、キュンだなんて」

「少女マンガもよく読んでるから。本当に『キュン』って感覚だったんだ」

「もう」

と、二人は、仲良さげにじゃれ合っている。

きっと三波がここにいて、自分の顔を見たら、『チベットスナギツネみたいな顔になってる』と言うに違いない。

だが、桜子は目を輝かせていた。

「素敵、お似合いです！　おめでとうございます」

「ありがとう、桜子さん」

余程嬉しかったのか、相笠くりすは、桜子に抱き着いてきた。

「そういえば気になっていたんですけど、前に『似たようなことになっちゃって』と話していたのは？」

　桜子が小声で訊ねると、相笠くりすは弱ったように耳打ちする。

「私は以前、担当編集者に恋をしたことがあるのよ。そして今度は、担当の営業でしょう、似たようなことじゃない？」

「そういうことでしたか。それじゃあ、私に担当編集者が男か女か聞いていたのは、もしかして……」

「作家にとって、『はじめての担当編集者』は、特別な存在よ。だって、これまで誰も見向きもしていなかった自分の作品を認めてくれて、夢の舞台に連れていってくれるのよ？　そんなの、物書きにとっては白馬に乗ったカボチャパンツの王子様よりも、魅力的な存在じゃない？」

　たしかに、と桜子は真面目な顔で相槌をうつ。

「──で、そんな担当編集者が異性だと、恋心を抱いてしまう場合もある。もちろん、全員ではないわよ。けど、桜子ちゃんは若い女の子だから、ちょっと心配しちゃったわけ」

「そういうことだったんですね」

　桜子が納得していると、そうそう、と相笠くりすは話を続けた。

「あなたのデビュー作、拝読したわ。とても良かったわよ」

まさか読んでもらえるとは思っていなかったようで、桜子は不意を衝《つ》かれたように、動きを止めた。

「ああありがとうございます……」

と、ぎこちなくお辞儀をし、もじもじしながら口を開く。

「あの、大先輩である、くりす先生にお聞きしたいんですが、良いでしょうか?」

「ええ、答えられることなら」

「くりす先生は、『売れる作品』と『売れない作品』の違いって、なんだと思いますか?」

桜子が、意を決したように訊ねると、相笠くりすは、肩をすくめる。

「運よ」

「う……運?」

そう、と相笠くりすは、強く頷く。

「これは大傑作になったと思うものを書いて、大々的にプロモーションしてもらっても、売れない時は売れない。その一方、手癖でさらっと書いて、それほどプロモーションをしてなくても、なぜか爆発的に売れることもある。私も模索して、色々理由を考えたんだけど、上手くいく時は上手くいくし、駄目な時は何をやってもダメ。結局は、『運とタイミング』なんだって結論に至ったの。それなら、運を味方につけたいと思った。だから、星の流れを知りたいと思ったのよ」

はっきりと言い放つ彼女を前に、桜子は圧倒されていた。

「桜子さん、あなたは星を読めるでしょう？　自作の発売日、天空図で良さそうな月を確認して、『可能だったら、〇月にしてもらえませんか？』って提案をした？」

桜子は首を横に振る。

「編集さんに、伝えられたままの発売日で了承しました。そういうのは、動かせないものだと思い込んでて……」

「もちろん、動かせない場合もあるけど、そうじゃない時もある。お願いするくらいはしてみても良かったと思う。桜子さん、あなたは星を読めても、自分の運命に星を使っていなかった。自分の夢がかかってるなら、能力をすべて使わなきゃ」

と、相笠くりすは堂々と言った後に、大袈裟に肩をすくめた。

「って、偉そうに言いながら、私も恋に関してはからっきしだったんだけどね」

桜子は緊張から解《ほぐ》れたように、微笑む。

「ありがとうございます。私も星を視て、宇宙の流れを知って、運とタイミングを味方につけたいと思います」

「ええ、あと、おすすめは、『運貯金』よ」

運貯金？　と、彼女の話を聞いていた皆は、揃って目を瞬かせた。

「運は貯《た》められるの。寄付をしたり、ボランティアをしたり、良いことをして、徳を積んで運の貯金をして、ここぞという時に使うのよ」

少しあやしげな話だが、そういえば、祖父母が似たようなことを言っていた。

ようは、情けは人のためならず、ということだろう。

すると柿崎が、肘を曲げて挙手をした。

「僕からもいいかな。あの時、伝え忘れてて」

はい、と桜子は背筋を伸ばす。

「縁を大切にしてほしいんだ」

「縁……」

「そう、どの業界もそうだと思うけど、結局、縁って大切だなって何度も思わされたんだ。どうか、ひとつひとつの縁を大切に」

「がんばってね。あなたは、スタートを切ったばかり。すべてはこれからよ」

「はいっ、ありがとうございます」

桜子は深く頭を下げる。

相笠くりすと柿崎は、それじゃあ、と手を振って、共に歩き出した。

高屋も会釈しながら、二人の背中を見送った。

相笠くりすと柿崎の交際は、高屋にとっては意外な組み合わせのように感じたが、こうして並んで歩く姿を見ていると、桜子が言ったように、お似合いの二人だった。

それにしても、と高屋は眉間に皺を寄せる。

桜子の好きな人が、柿崎ではなく、朽木だった。

柿崎の最近できた彼女は、三波ではなく、相笠くりすだった。

そして三波の彼氏は、柿崎ではなく、朽木だった――ということだ。

「分かったものの、混乱してきた」

と、高屋が額に手を当てると、私も、と桜子も同意する。

「私も、情報量が多すぎて、頭が変になりそう」

すると柊が、しょうがないよ、と笑う。

「『恋』っていう字は、『変』と少し似てるし」

「お兄、もう恋の話は終わってるの。掘り起こさないで!」

桜子は鬼の形相で柊を睨むも、柊はまるでこたえていないようだ。

「あっ、新作できたかも。『恋っていう字は、変と似てるんだなぁ』……うん、いいね。忘れないようにメモしとこ」

と、スマホに打ち込んでいた。

「もしかして、柊君のTシャツは自分で？」

「そう、実は自作なんだ」

「シルクスクリーンで？」

「いやいや、自分で刷ってるとかじゃなくて、今アプリで簡単に作れるんだよ」

そうなんだ、と高屋は柊のTシャツに目を向ける。

「今度、屋台に出してみようかな。『柊の深イイ☆Tシャツ』って」

「いや、『深そうに見えて当たり前☆Tシャツ』では？」

高屋が即座に言うと、柊がブッと噴いた。

桜子は、やれやれ、と息をつき、高屋を見た。

「私ね。担当編集さんにメールしようと思うんだ」

高屋は何も言わずに、桜子を見る。

「実は、『続編刊行できない』ってメールに返事をしてなかったの」

えっ、と高屋は声を裏返す。

「それは……」

「駄目だよね。これまでの非礼を詫《わ》びて、お礼を伝えようと思って。縁を大切にするって、そういうことだよね」

「そうだな」

互いに顔を見合わせて微笑み合っていると、マスターとバンドメンバーがクーラーボックスを手にやってきた。

「飲み物を持ってきましたよ。みんなで乾杯しましょう」

と、マスターが呼びかける。

クーラーボックスの中には、缶ビールや缶チューハイ、ジュースがたっぷり入っていた。日本酒、梅酒、赤ワインやシャンパンの瓶まである。

京子は赤ワイン、智花は梅酒ソーダ、桜子はコーラを取り、高屋と柊は缶ビールを手に取った。

マスターはシャンパンをカップに注いで、それじゃあ、と皆を見回した。

「今日の素晴らしい夜に……」

マスターの音頭に合わせて、乾杯っ、と皆は声を揃える。

本当に、素晴らしい夜だ。

高屋の傍らでミモザの花束が風に揺れている。
心地良さを感じながら、高屋は天を仰ぐ。
すっかり暗くなった空には、月が輝いている。
まるで扉を開いた高屋を祝福しているような、美しさだった。

桜子的・土星で知る自分の試練と課題

土星の星座の課題をクリアすると人生の扉が開けるかも？

牡羊座	『行動』が課題。 失敗を恐れず、挑戦を！
牡牛座	『安定』が課題。失うことを恐れずに、 変化を受け入れてみよう。
双子座	『情報収集』が課題。流行に乗り遅れることを 気にせず、興味のままに情報を集めてみよう。
蟹　座	『人間関係』が課題。他者との距離感を学ぶ 一方で、大切な人には心を開いてみよう。
獅子座	『自尊心』が課題。理想を追い求める前に、 ありのままの自分を受け入れよう。
乙女座	『完璧主義』が課題。完璧にこだわらず、 自分自身を認めてあげよう。
天秤座	『交流』が課題。恐れず、他者の様子を 観察して、コミュニケーションを図ろう。
蠍　座	『信頼』が課題。裏切られることを恐れず、 自分をさらけだしてみよう。
射手座	『挑戦』が課題。未知の世界への恐れを 乗り越えて、挑戦しよう。
山羊座	『責任感』が課題。失敗を恐れず、 へこたれずに続けよう。
水瓶座	『個性』が課題。人の目を気にせず、 自分らしい生き方を貫こう。
魚　座	『共感』が課題。人から嫌われることに恐れが。 自分と他人は別の存在だと意識して。

エピローグ

桜子の許に担当編集者の橋本静江からメールが届いたのは、桜子が返事をしたその日の夜だった。

自分の部屋で勉強をし、その後、せっせと執筆をしていたところ、スマホが振動した。あらためて自分の力不足を詫びていて、桜子から温かいメールをもらえたことに対する感謝の言葉が述べられている。

『いただいた、「灰燼」のプロットは企画会議に通りませんでしたが、桜宮さんの新作「誰が僕を殺したか」は前作とテイストが違っていて、サスペンス要素だけではなくポップな部分も多く、面白いと感じました。最後まで読んでみなければ分かりませんが、ご執筆、がんばってください』

新作が完結して、出来が良かったら、企画会議に掛ける——などと言ってもらえているわけではない。なんの約束もない一文だ。

それでも、読んでもらえたこと、エールを送ってくれたことに、一筋の希望を感じ、桜子の胸が熱くなる。

「ちゃんとメールを送って良かった……柿崎さん、くりす先生、ありがとう」

桜子は息を吐き出すように言って、机に額を当てる。

相笠くりすは、はじめての担当編集者は特別だと言っていた。だから、それが異性だと、恋心に発展してしまう場合もあると——。

たしかに橋本静江の存在は、桜子にとって特別だったが……。

「実のところ、『はじめての編集者』って感じがしてないんだよね」

ぽつりとつぶやいて、顔を上げて、頬杖をついた。

どうして、そんな感じがしないのだろう。

そう思った瞬間、高屋の顔が頭に浮かんだ。

「あ、そうか。高屋が私にとって、はじめての編集者だからだ」

そうかそうか、と納得し、「恋心に発展……？」とつぶやき、勢いよく立ち上がる。

「ないないないない。いくらなんでも、絶対にない！」

桜子が声を張り上げると、

「桜子！　うるそうしたらあかんっ！」

と、京子の怒声が届いて、桜子は慌てて口を噤み、椅子に腰を下ろす。

「だって、ありえないから……あいつ、そもそも、相当嫌な奴《やつ》だったし」

ぼそっと、一人ごちる。

しかし、今は結構、いい奴なんだ。だからと言って……、

「恋愛対象とかないな。絶対に。そんなことより、原稿がんばろう」

桜子は頭を振って、原稿と向き合った。

＊

「いやぁ、四天王のアンソロジーの表紙、めっちゃ、ええ感じやん」

三週間後。大阪支社のオフィスでは、マル長が機嫌の良い声を上げていた。

イラストレーターの遠野宮守が手掛けた表紙に、『月夜の四ペンス』というタイトルが入っている。

高屋が考えたタイトルは、採用になっていた。

四天王に伝えた時、反応は四者四様だったのだが、『そのタイトルを聞いたら、他のタイトルが出てこないくらいのインパクトはあるよね』とファンタジー作家が言っ

た一言が決定打となった。

遠野宮守は短い期間にもかかわらず四天王のアンソロジーを読み込み、美しい星空と、その下に森が広がっている表紙を描いた。

その森は、向かって左側から縦割りに春夏秋冬と景色が移り変わっている。

それぞれの季節には、四篇の主人公のシルエットだけが浮かびあがっていた。四人の頭上に輝く満月は、注視するとコインにも見えるのだ。

「いや、ほんま、これ、ええなぁ」

マル長は、しみじみと言って、表紙の画像を印刷した紙に顔を近付けたり、遠ざけたりしている。

高屋は、その前に立った状態で、誇らしいようなむず痒《がゆ》い気持ちになり、鼻の下をそっとこする。

話を聞いていた三波が立ち上がり、高屋の隣に立った。

「いいですよねぇ」

「三波ちゃん、ほんまええわ。この絵だけでも欲しいって思てまうし」

「え、なんですかそれ。中身だっていいんですからね」

三波が顔をしかめる。

高屋も口には出さなかったが、同じ気持ちで眉間に皺を寄せた。

マル長は慌てて言う。

「分かってるて。せやけど、まずは入口としてやで、『表紙だけでも欲しい』て思わせるのは大事やて話やねん」

「まぁ、そうですけど」

「ちゃんと四天王の作品も読んでるし。俺は四天王の中やったら、ファンタジー作家のファンなんや。なかなかのセンスやで。文芸の方にも声かけてみようかなて思うんやけど。高屋君、どないに思う?」

話を振られて、高屋は考えることもなく、頷いた。

「いいと思います」

「即答やな」

「実は彼、本当はプロの作家なんじゃないかと思っていまして……実力あるし、情報にも精通しているというか、みなまで言わなくても分かってくれるんですよね」

書籍刊行までのスケジュールや、ゲラのことなど、他の三人には細かく伝えなければならなかったのだが、ファンタジー作家だけは、『大体分かりますので、大丈夫です』と言っていたのだ。

「まぁ、せやろなぁ」

と、マル長が当然のように頷いたので、高屋は戸惑った。

作家の個人情報などは、大阪支社の場合はマル長が引き受けている。

「もしかして、本当にプロの作家なんですか？」

ちゃうちゃう、とマル長は手を振った。

「うちの子やねん」

うちの子？　と高屋と三波の声が揃った。

すると朽木がひょっこり顔を出して、ごめん、と手をかざす。

「それって俺なんだよね」

ええっ、と高屋と三波は目を瞬かせる。

「どういうことですか？」

「そうよ、透さん――じゃなくて、朽木さん、どういうこと？」

三波は本当に寝耳に水だったのだろう。

驚きのあまり、朽木の下の名が口を突いて出ていた。

いやぁ、と朽木は頭を掻く。

「ほら、美弥の正体が船岡山珈琲店のマスターだったよね。それを知って、俺もやってみようかなって。版元サイドも一度、クリエイターの気持ちを知る必要があるだろうしと思ってはじめてみたんだ」

そういえば朽木は以前、真矢に『俺たち出版側も一度クリエイターを体験してみるのもアリだと思ってます』と話していた。

「そしたら、ちょっと人気出ちゃって、ランキングでファンタジーカテゴリの一位になって四天王に抜擢された。本当は辞退も考えていたんだけど、アンソロジーの話が出たから、こんな経験できるのは二度とないだろう、今後、編集者になった時、大きな糧になると思って、引き受けたんだ」

高屋と三波はぽかんと口を開けた状態で、相槌をうつ。

「俺も四天王が朽木君やて知った時はびっくりしたんやで。すぐ高屋君にも伝えようて思ったんやけどな、朽木君が『いちクリエイターとして平等に接してほしいから、本ができるまで黙っててほしい』て言うから、お口チャックしてたんや」

「お口チャックって……」

と、高屋は頬を引きつらせた。

「言いたくて、めっちゃムズムズしたし。ゆるゆるチャックやから」

でしょうね、と三波は少し落ち着いた様子で肩をすくめる。

「で、朽木君、プロとして活動する気はあるんやろか？　そうやったら文芸の編集者に作品読んでもらうこともできるし。もちろん、読んでもらったうえで、『あかんわ』てなる場合もあるんやけど……」

いいえ、と朽木は首を横に振る。

「今回のことを経験して、自分はやっぱり出版側がいいかなと思いました。書くのはすごく楽しかったんですよ。でも、それが『仕事』となるとたちまち嫌いになりそうな感じで……」

あー、と三波は納得したような声を上げる。

「私もファッション大好きで、ファッション誌をつくる仕事をしたかったけど、いざそれが仕事になると、嫌いになりかけたから、ちょっと気持ち分かるかも」

でしょう、と朽木は笑う。

「なので、光栄ですけど、辞退します」

「そうなんや、なんやもったいないなぁ」

マル長は少し残念そうに息をつく。

高屋も同じ気持ちだった。

だが、朽木は晴れやかな表情で言った。

「自分としては、せっかく見付けた好きなことを失う方がもったいないんですよね。今は、アマチュアが輝ける場がたくさんありますし、これからも、クリエイターとして、自分の好きな時に好きなようにやっていけたらと思ってます」

ようは、価値観の問題なのだろう。

だが、マル長には理解できないようだ。信じられへん、と洩らしている。

「そんなにもったいないですか？」

「もったいないやろ。プロの作家になれるチャンスがあるんやで」

「自分は、プロだけがすべてだと思っていないんですよね。クリエイターって、それぞれに合うフィールドで活動するのが一番だと思うんですよ。実際、自分が生き生き書けたのも、責任がなかったからだと思ってますし……高屋君はどう思う？」

と、朽木に問われて、高屋は眼鏡の位置を正した。

「僕は、作家が伸び伸び活動するのが一番だと思っていますので、朽木さんが選んだことを尊重します。いち読者として朽木さんの作品のファンなので、これからも作品を書いてもらいたいですし、もし同人本を作ったなら必ず買いたいと思います」

そう伝えると、朽木は珍しく嬉しそうな表情をあらわにした。

「ありがとう」

と、頬を赤らめてはにかんでいる。そんな朽木の顔を見て、三波の頬まで赤くなっていた。

マル長は二人を交互に見て、どういうことや、という顔で高屋に視線を送った。

「…………」

おそらく三波が、朽木との関係を内緒にしていたのは、マル長に知られるのが面倒だったからだろう。

一番知ってほしくなかった人に知られてしまったのかもしれない……。

高屋は口の端に手を当てて、お口チャックのジェスチャーをする。

マル長は、了解、と親指を立てた。

自称ゆるゆるチャックだから、どのくらい持つか分からないが……。

高屋は小さく笑って、自分の席に着く。

デスクの上の卓上カレンダーに目を向け、もうすぐ四月も終わるのを確認した。

新しい月が来る。

もうすぐ、母から手紙が、祖母からハガキが届くだろう。

今回は母には、『謝罪はいらないので、これから近況報告にしてください』と返事を書こう。

祖母からのハガキには、またいつもの一文が添えられているのだろう。
『誠、元気にしていますか。皆さんと仲良くしていますか？』
――はい。とても良くしてもらっています。
心でそう答えて、高屋はそっと口角を上げた。

参考文献など

ルネ・ヴァン・ダール研究所『いちばんやさしい西洋占星術入門』（ナツメ社）

ケヴィン・バーク　伊泉龍一／訳『占星術完全ガイド――古典的技法から現代的解釈まで』（株式会社フォーテュナ）

ルル・ラブア『占星学　新装版』（実業之日本社）

鏡リュウジ『鏡リュウジの占星術の教科書Ⅰ　自分を知る編』（原書房）

鏡リュウジ『占いはなぜ当たるのですか』（説話社）

松村潔『最新占星術入門（エルブックスシリーズ）』（学研プラス）

松村潔『月星座占星術講座　―月で知るあなたの心と体の未来と夢の成就法―』（技術評論社）

石井ゆかり『月で読む　あしたの星占い』（すみれ書房）

石井ゆかり『12星座』（WAVE出版）

Keiko『Keiko的Lunalogy《ルナロジー》　自分の「引き寄せ力」を知りたいあなたへ』（マガジンハウス）

Keiko『願う前に、願いがかなう本』（大和出版）

星読みテラス　好きを仕事に！　今日から始める西洋占星術（https://sup.andyou.jp/hoshi/）

あとがき

ご愛読ありがとうございます、望月麻衣と申します。

おかげさまで、京都船岡山アストロロジー、二巻です。

一巻が刊行した際は、京都市北区さんのご協力をいただき、スタンプラリーなど、楽しいイベントがたくさんできました。心から感謝申し上げます。

さて、この二巻。今作は、『星座』と『創作』をテーマに書きたいと思い、これまで監修してくださった私の占星術の先生・宮崎《みやざき》えり子先生に加えて、新たに湊《みなと》きよひろ先生に監修をお願いしました。湊先生は、プロの漫画家で占星術師。ご自身の経験を活かし、クリエイターに特化した占いをされていて、大変な人気です。

私も、湊先生に視ていただいたことがあるのですが、その際に、「望月さんは、太陽星座が魚座なので、占星術をテーマにした作品はピッタリだと思いますよ」と言っていただけたんです。嬉しかったと同時に、「星座別に『合う創作ジャンル』があるんですか？」と、興味を持ち、詳しく伺ったんです。結果的にそれがきっかけで、今回の原稿にご協力いただけることになりました。『モテファッション』や『創作ジャンル』などは湊先生の監修で、宮崎先生には全体をチェックしていただきました。ありがとうございます。

創作と市場の話は私の考えというよりも、私がこれまで出会った方々に伺ってきたことをギュッと詰め込みました。ですが、星座に関することも創作や出版事情も、関わる人の数だけ解釈があります。

もしかしたら、『私が知っていることとは違う』と思われることもあるかもしれません。その時は正解・不正解という話ではなく、『この物語ではこういう解釈をしているのだろう』と受け流していただけたらと思います。

最後に舞台となった京都市北区様、建物のモデルである『さらさ西陣』様、監修を務めてくださった、宮崎えり子先生、湊きよひろ先生。素晴らしいイラストを描いてくださった、おかざきおか先生、担当編集者の栗城《くりき》様、ありがとうございました。

この本をお手に取ってくださったあなた様をはじめ、本作品に関わるすべての方とのご縁に心より感謝申し上げます。本当にありがとうございました。

望月麻衣

本書は書下ろしです。

|著者|望月麻衣　北海道生まれ。2013年エブリスタ主催第2回電子書籍大賞を受賞し、デビュー。2016年「京都寺町三条のホームズ」シリーズが京都本大賞を受賞。他の著作に「わが家は祇園の拝み屋さん」シリーズ、「満月珈琲店の星詠み」シリーズなど。現在は京都府在住。

京都《きょうと》船岡山《ふなおかやま》アストロロジー2　星《ほし》と創作《そうさく》のアンサンブル

望月《もちづき》麻衣《まい》

講談社文庫

定価はカバーに
表示してあります

2022年7月15日第1刷発行

KODANSHA

発行者――鈴木章一

発行所――株式会社　講談社

東京都文京区音羽2-12-21　〒112-8001

電話　出版（03）5395-3510
　　　販売（03）5395-5817
　　　業務（03）5395-3615

Printed in Japan

デザイン―菊地信義

本文データ制作―講談社デジタル製作

印刷―――凸版印刷株式会社

製本―――株式会社国宝社

ISBN978-4-06-527966-3

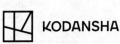

講談社文庫刊行の辞

二十一世紀の到来を目睫に望みながら、われわれはいま、人類史上かつて例を見ない巨大な転換期をむかえようとしている。

世界も、日本も、激動の予兆に対する期待とおののきを内に蔵して、未知の時代に歩み入ろうとしている。このときにあたり、創業の人野間清治の「ナショナル・エデュケイター」への志を現代に甦らせようと意図して、われわれはここに古今の文芸作品はいうまでもなく、ひろく人文・社会・自然の諸科学から東西の名著を網羅する、新しい綜合文庫の発刊を決意した。

激動の転換期はまた断絶の時代である。われわれは戦後二十五年間の出版文化のありかたへの深い反省をこめて、この断絶の時代にあえて人間的な持続を求めようとする。いたずらに浮薄な商業主義のあだ花を追い求めることなく、長期にわたって良書に生命をあたえようとつとめるところにしか、今後の出版文化の真の繁栄はあり得ないと信じるからである。

同時にわれわれはこの綜合文庫の刊行を通じて、人文・社会・自然の諸科学が、結局人間の学にほかならないことを立証しようと願っている。かつて知識とは、「汝自身を知る」ことにつきていた。現代社会の瑣末な情報の氾濫のなかから、力強い知識の源泉を掘り起し、技術文明のただなかに、生きた人間の姿を復活させること。それこそわれわれの切なる希求である。

われわれは権威に盲従せず、俗流に媚びることなく、渾然一体となって日本の「草の根」をかたちづくる若く新しい世代の人々に、心をこめてこの新しい綜合文庫をおくり届けたい。それは知識の泉であるとともに感受性のふるさとであり、もっとも有機的に組織され、社会に開かれた万人のための大学をめざしている。大方の支援と協力を衷心より切望してやまない。

一九七一年七月

野間省一

講談社文庫 最新刊

水木しげる
総員玉砕せよ！〈新装完全版〉
太平洋戦争従軍の著者が実体験を元に描いた戦記漫画。没後発見の構想ノートの一部を収録。

藤井邦夫
野暮天〈大江戸閻魔帳(七)〉
腕は立っても色恋は苦手な麟太郎が、男女の事件に首を突っ込んだが!?〈文庫書下ろし〉

伊兼源太郎
金庫番の娘
商社を辞めて政治の世界に飛び込んだ花織《かおり》が永田町で大奮闘！　傑作「政治×お仕事」エンタメ！

ごとうしのぶ
いばらの冠〈ブラス・セッション・ラヴァーズ〉
シリーズ累計500万部突破！《タクミくんシリーズ》につながる祠堂《しどう》吹奏楽LOVE。

矢野　隆
川中島の戦い〈戦《いくさ》百景〉
武田信玄と上杉謙信の有名な戦いの流れがリアルタイムでわかり、真の勝者が明かされる！

福澤徹三
糸《し》柳《やな》寿《とし》昭《あき》
忌《い》み地　惨〈怪談社奇聞録〉
実話ほど恐ろしいものはない。誰しもの日常とともにある実録怪談集。〈文庫書下ろし〉

手塚マキと歌舞伎町ホスト80人from Smappa! Group
俵万智・野口あや子・小佐野彈・編
ホスト万葉集〈文庫スペシャル〉
いま届けたい。俺たちの五・七・五・七・七！「歌舞伎町の光源氏」が紡ぐ感動の短歌集。

乗《のり》代《しろ》雄《ゆう》介《すけ》
本物の読書家
大叔父には川端康成からの手紙を持っているという噂があった——。乗代雄介の挑戦作。

マイクル・コナリー
古沢嘉通　訳
潔白の法則（上）（下）〈リンカーン弁護士〉
ネットフリックス・シリーズ「リンカーン弁護士」原案。ミッキー・ハラーに殺人容疑が。

講談社タイガ
井《い》坂《さか》暁《あきら》
世界の愛し方を教えて
媚《こ》びて愛されなきゃ生きていけないこの世界が、大嫌いだ。世界を好きになるボーイミーツガール。

講談社文芸文庫

伊藤比呂美
とげ抜き　新巣鴨地蔵縁起
解説＝栩木伸明　年譜＝著者
この苦が、あの苦が、すべて抜けていきますように。詩であり語り物であり、すべての苦労する女たちへの道しるべでもある。【萩原朔太郎賞・紫式部賞W受賞作】
いAC1
978-4-06-528294-6

藤澤清造　西村賢太 編
根津権現前より　藤澤清造随筆集
解説＝六角精児　年譜＝西村賢太
「歿後弟子」は、師の人生をなぞるかのようなその死の直前まで諸雑誌にあたり、編集・配列に意を用いていた。時空を超えた「魂の感応」の産物こそが本書である。
ふN2
978-4-06-528090-4

講談社文庫　目録

森　博嗣　θ《シータ》は遊んでくれたよ〈ANOTHER PLAYMATE θ〉
森　博嗣　τ《タウ》になるまで待って〈PLEASE STAY UNTIL τ〉
森　博嗣　ε《イプシロン》に誓って〈SWEARING ON SOLEMN ε〉
森　博嗣　λ《ラムダ》に歯がない〈λ HAS NO TEETH〉
森　博嗣　η《イータ》なのに夢のよう〈DREAMILY IN SPITE OF η〉
森　博嗣　目薬α《アルファ》で殺菌します〈DISINFECTANT α FOR THE EYES〉
森　博嗣　ジグβ《ベータ》は神ですか〈JIG β KNOWS HEAVEN〉
森　博嗣　キウイγ《ガンマ》は時計仕掛け〈KIWI γ IN CLOCKWORK〉
森　博嗣　χ《カイ》の悲劇〈THE TRAGEDY OF χ〉
森　博嗣　ψ《プサイ》の悲劇〈THE TRAGEDY OF ψ〉
森　博嗣　イナイ×イナイ〈PEEKABOO〉
森　博嗣　キラレ×キラレ〈CUTTHROAT〉
森　博嗣　タカイ×タカイ〈CRUCIFIXION〉
森　博嗣　ムカシ×ムカシ〈REMINISCENCE〉
森　博嗣　サイタ×サイタ〈EXPLOSIVE〉
森　博嗣　ダマシ×ダマシ〈SWINDLER〉
森　博嗣　女王の百年密室〈GOD SAVE THE QUEEN〉
森　博嗣　迷宮百年の睡魔〈LABYRINTH IN ARM OF MORPHEUS〉
森　博嗣　赤目姫の潮解〈LADY SCARLET EYES AND HER DELIQUESCENCE〉

森　博嗣　まどろみ消去〈MISSING UNDER THE MISTLETOE〉
森　博嗣　地球儀のスライス〈A SLICE OF TERRESTRIAL GLOBE〉
森　博嗣　レタス・フライ〈Lettuce Fry〉
森　博嗣　僕は秋子に借りがある I'm in Debt to Akiko〈森博嗣自選短編集〉
森　博嗣　どちらかが魔女 Which is the Witch?〈森博嗣シリーズ短編集〉
森　博嗣　喜嶋先生の静かな世界〈The Silent World of Dr.Kishima〉
森　博嗣　そして二人だけになった〈Until Death Do Us Part〉
森　博嗣　つぶやきのクリーム〈The cream of the notes〉
森　博嗣　ツンドラモンスーン〈The cream of the notes 4〉
森　博嗣　つぼみ茸《きのこ》ムース〈The cream of the notes 5〉
森　博嗣　つぶさにミルフィーユ〈The cream of the notes 6〉
森　博嗣　月夜のサラサーテ〈The cream of the notes 7〉
森　博嗣　つんつんブラザーズ〈The cream of the notes 8〉
森　博嗣　ツベルクリンムーチョ〈The cream of the notes 9〉
森　博嗣　追懐のコヨーテ〈The cream of the notes 10〉
森　博嗣　カクレカラクリ〈An Automaton in Long Sleep〉
森　博嗣　DOG&DOLL
森　博嗣　森には森の風が吹く〈My wind blows in my forest〉
森　博嗣　アンチ整理術〈Anti-Organizing Life〉

諸田玲子　森家の討ち入り
森　達也　すべての戦争は自衛から始まる
本谷有希子　腑抜けども、悲しみの愛を見せろ
本谷有希子　江利子と絶対〈本谷有希子文学大全集〉
本谷有希子　あの子の考えることは変
本谷有希子　嵐のピクニック
本谷有希子　自分を好きになる方法
本谷有希子　異類婚姻譚
本谷有希子　静かに、ねぇ、静かに
茂木健一郎　「赤毛のアン」に学ぶ幸福《しあわせ》になる方法〈偏差値78のAV男優が考える〉
森　林原人　セックス幸福論
桃戸ハル編・著　5分後に意外な結末〈ベスト・セレクション〉
桃戸ハル編・著　5分後に意外な結末〈ベスト・セレクション　黒の巻・白の巻〉
桃戸ハル編・著　5分後に意外な結末〈ベスト・セレクション　心震える赤の巻〉
森　功　高倉健〈隠し続けた七つの顔と「謎の養女」〉
望月麻衣　京都船岡山アストロロジー
山田風太郎　甲賀忍法帖〈山田風太郎忍法帖①〉
山田風太郎　伊賀忍法帖〈山田風太郎忍法帖③〉
山田風太郎　忍法八犬伝〈山田風太郎忍法帖④〉

講談社文庫 目録

山田風太郎 風来忍法帖 〈山田風太郎忍法帖⑪〉
山田風太郎 新装版 戦中派不戦日記
山田正紀 大江戸ミッション・インポッシブル 〈顔役を消せ〉
山田正紀 大江戸ミッション・インポッシブル 〈幽霊船を奪え〉
山田詠美 晩年の子供
山田詠美 A《エイ》2《トウ》Z《ズイ》
山田詠美 珠玉の短編
柳家小三治 ま・く・ら
柳家小三治 もひとつ ま・く・ら
柳家小三治 バ・イ・ク
山口雅也 落語魅《ミ》捨《ステ》理《リ》全集 〈坊主の愉しみ〉
山本一力 深川黄表紙掛取り帖
山本一力 牡丹酒 〈深川黄表紙掛取り帖(二)〉
山本一力 ジョン・マン1 波濤編
山本一力 ジョン・マン2 大洋編
山本一力 ジョン・マン3 望郷編
山本一力 ジョン・マン4 青雲編
山本一力 ジョン・マン5 立志編
椰月美智子 十二歳
椰月美智子 しずかな日々
椰月美智子 ガミガミ女とスーダラ男
椰月美智子 恋愛小説
柳広司 キング&クイーン
柳広司 怪談
柳広司 ナイト&シャドウ
柳広司 幻影城市
柳広司 風神雷神(上)(下)
薬丸岳 闇の底
薬丸岳 虚夢
薬丸岳 刑事のまなざし
薬丸岳 逃走
薬丸岳 ハードラック
薬丸岳 その鏡は嘘をつく
薬丸岳 刑事の約束
薬丸岳 Aではない君と
薬丸岳 ガーディアン
薬丸岳 刑事の怒り
薬丸岳 天使のナイフ 〈新装版〉
山崎ナオコーラ 可愛い世の中
矢月秀作 A《ア》C《ク》T《ト》 〈警視庁特別潜入捜査班〉
矢月秀作 A《ア》C《ク》T《ト》2 告発者 〈警視庁特別潜入捜査班〉
矢月秀作 A《ア》C《ク》T《ト》3 掠奪 〈警視庁特別潜入捜査班〉
矢野隆 我が名は秀秋
矢野隆 戦《いくさ》始末
矢野隆 乱
矢野隆 長篠の戦い 〈戦百景〉
矢野隆 桶狭間の戦い 〈戦百景〉
矢野隆 関ヶ原の戦い 〈戦百景〉
山内マリコ かわいい結婚
山本周五郎 さぶ 〈山本周五郎コレクション〉
山本周五郎 白石城死守 〈山本周五郎コレクション〉
山本周五郎 完全版 日本婦道記(上)(下) 〈山本周五郎コレクション〉
山本周五郎 戦国武士道物語 死處《しょ》 〈山本周五郎コレクション〉
山本周五郎 戦国物語 信長と家康 〈山本周五郎コレクション〉
山本周五郎 幕末物語 失蝶記 〈山本周五郎コレクション〉
山本周五郎 逃亡記 時代ミステリ傑作選 〈山本周五郎コレクション〉
山本周五郎 家族物語 おもかげ抄 〈山本周五郎コレクション〉

講談社文庫　目録

山本周五郎　繁《しげ》あね〈美しい女たちの物語〉
山本周五郎　雨あがる〈映画化作品集〉
柳田理科雄　スター・ウォーズ 空想科学読本
柳田理科雄　MARVEL マーベル空想科学読本
靖子靖史　空《くう》色《しき》カンバス〈瑞《ずい》空寺《くうじ》凸凹《でこぼこ》縁起《えんぎ》〉
安本由佳・山本理沙　不機嫌な婚活
山中伸弥・平尾誠二・惠子　友情〈平尾誠二と山中伸弥「最後の約束」〉
山手樹一郎　夢介千両みやげ(上)(下)〈完全版〉
夢枕獏　大江戸釣客伝(上)(下)
唯川恵　雨心中
行成薫　ヒーローの選択
行成薫　バイバイ・バディ
行成薫　スパイの妻
柚月裕子　合理的にあり得ない〈上水流《かみづる》涼子《りょうこ》の解明〉
吉村昭　私の好きな悪い癖
吉村昭　吉村昭の平家物語
吉村昭　暁の旅人
吉村昭　新装版 白い航跡(上)(下)
吉村昭　新装版 海も暮れきる
吉村昭　新装版 間宮林蔵
吉村昭　新装版 赤い人
吉村昭　新装版 落日の宴(上)(下)
吉村昭　白い遠景
横尾忠則　言葉を離れる
与那原恵　わたぶんぶん〈わたしの「料理沖縄物語」〉
米原万里　ロシアは今日も荒れ模様
横山秀夫　半落ち
横山秀夫　出口のない海
吉田修一　日曜日たち
吉本隆明　真贋
吉本隆明　フランシス子へ
横関大　再会
横関大　グッバイ・ヒーロー
横関大　チェインギャングは忘れない
横関大　沈黙のエール
横関大　ルパンの娘
横関大　ルパンの帰還
横関大　ホームズの娘
横関大　ルパンの星
横関大　スマイルメイカー
横関大　K2〈池袋署刑事課 神崎・黒木〉
横関大　炎上チャンピオン
横関大　ピエロがいる街
横関大　仮面の君に告ぐ
吉川永青　裏関ヶ原
吉川永青　化け札
吉川永青　治部の礎《いしずえ》
吉川永青　老侍
吉川永青　雷雲の龍〈会津に吼える〉
吉村龍一　光る牙
吉川トリコ　ぶらりぶらこの恋
吉川トリコ　ミドリのミ
吉川英梨　波動〈新東京水上警察〉
吉川英梨　烈渦〈新東京水上警察〉
吉川英梨　朽《く》海《かい》の城〈新東京水上警察〉
吉川英梨　海底の道化師〈新東京水上警察〉
吉川英梨　月《げっ》下《か》蠟《ろう》人《じん》〈新東京水上警察〉

2022年6月15日現在